LA LÉGENDE DE TRISTAN ET YSEUT

87, quai Panhard-et-Levassor – 75647 Paris Cedex 13
ISBN : 978-2-0812-4364-4

Adaptée par FRANÇOISE RACHMUHL

LA LÉGENDE DE TRISTAN ET YSEUT

D'après les manuscrits des XIIe et XIIIe siècles.

Illustrations de Frédéric Sochard

Flammarion Jeunesse

Avant-propos

La belle histoire d'amour de Tristan et Yseut rayonne à travers les âges. Du XIIe siècle à la Renaissance, son succès ne s'est jamais démenti, comme le prouvent les innombrables représentations des héros – vitraux, coupes, bibelots, enluminures –, l'engouement pour leur nom – un fils de Saint-Louis n'est-il pas surnommé Tristan ? – et surtout les multiples versions de l'œuvre, élaborées dans de nombreux pays d'Europe. Elle est connue des clercs comme du peuple, lue dans les cours et récitée par les jongleurs.

Ensuite, comme toutes les œuvres du Moyen Âge, elle connaît l'oubli à l'époque classique. Les Romantiques la redécouvrent au XIXe siècle. C'est alors que la légende devient un mythe, celui de la passion invincible, plus forte que tous les obstacles, de l'amour indissolublement lié à la mort. Dès 1859, Wagner l'utilise, en la déformant, dans son opéra, Tristan und

Isolde. *Les érudits recherchent les manuscrits, en publient des adaptations, dont la meilleure est celle de Joseph Bédier, en 1900, qui rend l'œuvre accessible aux lecteurs du* XXe *siècle.*

Aujourd'hui encore, des films s'en inspirent ; pour n'en citer que deux : L'Éternel Retour, *de Jean Cocteau, en 1943, et en 1981,* La Femme d'à côté, *de François Truffaut.*

Les manuscrits

Les manuscrits qui nous sont parvenus sont presque tous tronqués. Le plus ancien, celui de Thomas, sans doute un clerc anglo-normand, date de 1170-1173 ; celui de Béroul, de 1181, appartient probablement à un jongleur qui s'adressait à un public populaire. Aucun des deux n'offre une version complète de l'histoire.

On pense que tous deux ont utilisé une version plus ancienne dont on n'a pas retrouvé la trace.

Marie de France s'est probablement inspirée de celle-ci dans Le Lai du chèvrefeuille. *Deux autres manuscrits, l'un recueilli à Oxford, l'autre à Berne, racontent « La Folie de Tristan » et contiennent un précieux résumé des épisodes précédents.*

Tous ces textes du XIIe *siècle, écrits en vers de huit syllabes, sont incomplets. Heureusement, un auteur allemand de la fin de ce siècle, Eilhart d'Oberg, a rédigé un récit intégral, beaucoup plus sobre, mais offrant des détails sur l'enfance de Tristan.*

Au XIII*e siècle, Gottfried de Strasbourg commence en allemand sa propre version, savoureuse et détaillée, déjà empreinte de l'esprit de la Renaissance – inachevée, elle aussi.*

La Saga de Tristram et d'Isönd, *de Frère Robert, écrite en islandais, date de 1226. À cette époque, les premiers récits en prose insèrent l'histoire des amants dans le cadre des romans de la Table ronde.*

Au XIV*e siècle,* Sire Tristrem, *composé en anglais, est encore en vers, mais la plupart des manuscrits sont en prose et, pour être au goût du jour, font de Tristan un seigneur à la cour du roi Arthur. Ils se multiplient et c'est dans l'un d'entre eux – le manuscrit fr 103, de 1470, se trouvant à la bibliothèque de Blois – que sont puisés certains détails de cette adaptation.*

L'origine

On a beaucoup réfléchi sur l'origine de la légende. Par certains côtés, elle appartient au monde des Celtes, ces conquérants qui imposèrent, dans les premiers siècles de notre ère, leur civilisation aux peuples de l'Europe du Nord et de l'Ouest. En effet, le roman se déroule en Cornouailles et en Bretagne française, toutes deux terres celtiques. Yseut est irlandaise, Tristan écossais – à moins qu'il ne soit né au pays de Léon, en Bretagne, son pays, le Loenois, étant mal identifié. Par sa forte personnalité, Yseut, intelligente et habile, ressemble aux femmes celtes des légendes. On a d'ailleurs pu trouver une parenté évidente entre notre roman et un récit celtique du Xe *siècle,* La Fuite de Diarmaid et de Grainne.

On a pu découvrir aussi des ressemblances entre la légende de Tristan et d'Yseut et les récits mythologiques de l'Antiquité : si le Morholt fait songer au Minotaure, l'épisode de Husdent qui reconnaît son maître rappelle celui du chien d'Ulysse à Ithaque, et le symbolisme de la voile, blanche ou noire, est le même que dans l'histoire de Thésée.

L'influence courtoise est moins évidente, surtout dans les textes les plus anciens. Sans doute la dame joue-t-elle dans le roman un rôle primordial, mais l'amour qu'elle inspire au héros n'est pas du même ordre que dans les poésies courtoises. Il s'agit ici d'une passion brûlante, dans son aspect le plus réaliste, et non d'un doux sentiment, servant de prétexte à des vers charmants. Il y a dans les premiers manuscrits de Tristan et Yseut une rudesse, une violence, une cruauté parfois, éloignées de l'esprit courtois.

L'intérêt du roman

Si le début du roman rappelle les récits héroïques chers aux hommes du Moyen Âge – éducation d'un chevalier ; premiers exploits ; mise en valeur de l'idéal chevaleresque –, dès qu'Yseut et Tristan ont bu le philtre fatal, l'intérêt du lecteur se déplace. Désormais l'histoire d'amour passe au premier plan.

À cause de cet amour, Tristan renonce à tout ce qui constituait sa vie : son héritage, sa fortune, sa place à la cour du roi Marc, l'affection de celui-ci. Il ne peut plus se manifester que déguisé : ménestrel, marchand, pèlerin, lépreux, fou. Il s'invente d'autres vies, d'autres noms, comme Renart auquel il fait parfois songer. Parfait comédien, beau parleur, habile musicien, il se sert de la parole ou du chant pour parvenir à ses fins.

Le langage, dans cette histoire, tient un rôle capital ; et les deux Yseut ne sont pas en reste. Parce qu'elle joue sur les mots, la reine peut protester de son innocence, lorsqu'elle doit prêter serment à la Blanche Lande. Quant à Yseut aux Blanches Mains, il lui suffit de répondre à Tristan : « noire » au lieu de « blanche », pour provoquer la mort de celui-ci.

L'importance accordée au langage est l'un des traits distinctifs de l'œuvre ; il en est d'autres qui expliquent l'intérêt qu'elle offre au lecteur d'aujourd'hui. Outre l'évocation précise et savoureuse de la vie féodale, on apprécie l'aspect subversif du roman à l'encontre de la société médiévale. La force de leur amour et l'impossibilité pour eux d'y renoncer font de Tristan et Yseut des exclus, en réaction contre des lois contraignantes qu'ils transgressent. Déjà, par sa naissance illégitime, Tristan apparaît comme un marginal ; en Cornouailles, Yseut est une étrangère, sans parent pour la défendre : de là, entre eux, une connivence évidente.

Sans doute le roman de Tristan et Yseut est-il d'abord une belle histoire d'amour ; mais, en le lisant avec attention, on peut découvrir encore bien d'autres raisons de l'apprécier.

L'adaptation

Adapter une œuvre d'une telle richesse, d'une telle poésie, sans l'affadir, faire vivre de tels personnages, dans toute leur complexité, n'a pas été facile. Il a fallu puiser à des sources diverses, puisque aucun manuscrit n'est complet, respecter les textes d'origine, se garder d'inventer, conserver la couleur et le ton de chaque épisode, puis, en partant de textes variés, donner unité et cohérence au récit.

Chaque fois que je l'ai pu, j'ai suivi Béroul, dont la vivacité, le réalisme, l'aspect comique aussi m'ont enchantée. J'ai cependant bien souvent dû faire appel à d'autres manuscrits, mais j'ai gardé, comme lui, tout au long du texte, l'habitude, en tant que conteur, de m'adresser aux lecteurs comme à un auditoire, en faisant des commentaires sur l'action passée ou à venir, et j'ai maintenu, dans le cours du récit, aux moments dramatiques, la présence du peuple, qui rappelle le rôle du chœur dans le théâtre antique.

Pour rendre le dynamisme et la vigueur de l'œuvre, afin que le récit soit plus compréhensible, j'ai été amenée à condenser certains passages, et surtout certains discours – la rhétorique moyenâgeuse n'est guère appréciée de nos jours. J'ai simplifié le cadre géographique en évitant de multiplier les lieux différents et, dans le même esprit, supprimé quelques personnages secondaires. Ces remaniements représentent peu de chose et je serai contente si, à partir d'une mosaïque de textes, d'époques et de portées différentes, j'ai réussi à intéresser et à émouvoir les jeunes lecteurs d'aujourd'hui.

Françoise Rachmuhl

1. La naissance de Tristan

Au temps où le roi Marc régnait en Cornouailles, vivait dans le pays de Loenois un chevalier nommé Rivalin. Il était jeune, beau et vaillant ; il ne refusait jamais le combat ; au contraire, il s'y précipitait avec fougue. Grâce à sa bravoure, il avait conquis de grands territoires et savait se montrer généreux avec ses vassaux[1].

Le duc Morgan lui ayant causé du tort, Rivalin l'attaqua, dévasta ses terres, brûla ses villes et mit le siège devant la forteresse où s'était réfugié son ennemi. Le duc fut forcé d'accepter les conditions

1. Nobles qui doivent servir leur seigneur, ou suzerain ; en échange celui-ci leur accorde un fief.

posées par Rivalin : les deux hommes convinrent d'une trêve d'un an, et les pauvres gens, qui souffraient tant des luttes de leurs seigneurs, purent recommencer à cultiver leurs champs.

Rivalin décida alors de partir pour la Cornouailles, car la renommée du jeune roi Marc était grande, sa cour brillante ; le chevalier du Loenois souhaitait y demeurer quelque temps, pour perfectionner ses manières et mettre à l'épreuve son courage, dans les joutes[1] et dans les tournois. Après avoir confié son domaine à son maréchal, Roald le Fidèle, Rivalin s'embarqua avec vingt de ses chevaliers. Ils parvinrent sans encombre à Tintagel, la capitale où le roi Marc tenait sa cour.

Le roi les accueillit avec courtoisie, et bientôt Rivalin fut connu et estimé de tous les nobles de Cornouailles. Marc alors décida de donner une grande fête en son honneur. Il convoqua tous les seigneurs de son royaume, avec leurs épouses, leurs fils et leurs filles.

C'était le printemps. Dans un vaste pré vert émaillé de fleurettes, à l'ombre des arbres, étaient dressées des tentes aux couleurs vives, toutes brodées d'or, et les invités, magnifiquement vêtus, se promenaient par groupes et s'arrêtaient parfois, pour converser,

1. Combats singuliers à la lance, à cheval, à la différence des tournois où plusieurs chevaliers s'affrontent.

regarder les danses ou les joutes. Puis vint l'heure du banquet, ensuite celle du tournoi. Les chevaliers et les jeunes hommes nouvellement adoubés[1] revêtirent leur armure, baissèrent la visière de leur heaume[2] et lancèrent leur cheval au galop, pour se précipiter les uns contre les autres dans toute l'ardeur de leur jeunesse. Chacun portait ses propres couleurs, afin de pouvoir être distingué dans la mêlée, car chacun espérait par ses exploits conquérir le cœur de sa dame.

Les femmes et les jeunes filles s'étaient assises dans l'herbe pour assister au tournoi et, parmi elles, les dominant de sa beauté et de sa grâce, se trouvait Blanchefleur, la sœur du roi. Les chevaliers s'affrontaient durement devant elle, mais elle n'avait d'yeux que pour celui qui les surpassait tous, par son habileté et sa hardiesse, Rivalin.

Déjà dans le cœur de la jeune fille s'agitait un sentiment inconnu d'elle, qui lui faisait en même temps plaisir et peine. Si bien qu'à la fin du tournoi, quand Rivalin vint la saluer, elle répondit : « Dieu vous bénisse, bon chevalier, si, au mal que vous m'avez fait, vous savez porter remède ! »

D'abord Rivalin trouva obscures ces paroles, mais bientôt, troublé par le même sentiment, il comprit

1. C'est-à-dire armés chevaliers au cours de la cérémonie de l'adoubement.
2. Grand casque enveloppant tête et visage.

que tous deux venaient d'être blessés d'amour. Lui qui appréciait tant les plaisirs de la société, les jeux et les joutes, devint distrait et silencieux. Pour demeurer près de Blanchefleur, il prolongea son séjour en Cornouailles, et le roi Marc s'étonnait qu'un chevalier venu de si loin pût se plaire autant en sa compagnie.

À quelque temps de là, au cours d'un tournoi auquel voulut participer le roi avec ses meilleurs chevaliers, Rivalin fut gravement blessé. Blanchefleur se rendit en cachette auprès de lui, pour contempler une dernière fois celui qu'elle aimait désespérément. Sous ses pleurs et ses baisers, le blessé reprit vie. Ainsi fut conçu, dans la douleur et dans l'amour, l'enfant dont vous allez connaître la belle et triste histoire.

Rivalin était à peine guéri lorsque arriva un messager de son pays de Loenois : son ennemi, le duc Morgan, avait rompu la trêve ; il ravageait ses terres et tuait ses gens. Aussitôt Rivalin fit ses préparatifs de départ. Il proposa à Blanchefleur de s'enfuir avec lui, car elle redoutait la colère du roi Marc s'il apprenait que sa sœur attendait un enfant bâtard.

On dressa le mât, on hissa la voile et, par bon vent, ils franchirent la mer et accostèrent en Loenois. Quelle désolation à leur arrivée ! Récoltes détruites, villages incendiés, villes pillées... Rivalin tint conseil avec son maréchal, Roald le Fidèle, qui avait gardé ses terres en son absence. Il convoqua tous ses chevaliers, mais avant de partir en guerre contre les puissantes troupes du duc Morgan, il prit dans sa chapelle, devant ses vassaux, Blanchefleur pour épouse légitime. Il la confia à son fidèle maréchal pour qu'il la mît à l'abri derrière les hauts murs d'une forteresse. Ensuite il s'en alla, chevauchant à la tête de ses troupes, à la rencontre du duc Morgan.

Que de coups furieux furent échangés ! Que de vaillants hommes furent blessés ou tués ! Rivalin reçut un coup de lance et tomba, mort, de son cheval. Ses gens se précipitèrent ; échappant à grand-peine au danger, ils emportèrent le corps de leur seigneur. Leur peine était profonde. Avec Rivalin mouraient leurs espoirs, leurs fortunes et leur gloire.

Au milieu des gémissements et des pleurs, ils le portèrent jusqu'à la forteresse où se trouvait Blanchefleur. Quand celle-ci vit le corps inerte de son bien-aimé, elle demeura droite et muette. Transformée en statue de pierre, elle ne laissa échapper d'elle ni plainte ni larme ; seule une mortelle angoisse se lisait dans son regard. Soudain elle tomba sur le sol et, pendant trois jours, se tordit dans les douleurs de l'enfantement. Au quatrième jour, elle mit au monde un garçon, sain et bien vivant. Puis elle mourut.

Roald le Fidèle prit le nouveau-né et, pour le soustraire à la haine du duc Morgan, le fit passer pour son enfant. Sa femme le traita avec autant d'amour et de soin que ses propres fils. Quand arriva le jour de son baptême, on demanda au maréchal quel nom porterait l'enfant. Il réfléchit : « Triste a été le destin de son père, triste celui de sa mère, tristes les circonstances de sa naissance... Il s'appellera Tristan. »

Et comme vous le verrez plus tard, ce nom convint merveilleusement au héros de notre conte.

2. La jeunesse de Tristan

Pendant les sept premières années de sa vie, Tristan fut élevé par les femmes. Le jour de ses sept ans, Roald le Fidèle le confia à un homme de savoir et d'expérience, qui lui servirait de maître et d'écuyer[1], Governal. Celui-ci lui enseigna les sciences et les langues, la musique et le chant, et les belles manières courtoises. En le laissant partager les rudes jeux des autres enfants, il lui permit d'acquérir la maîtrise de son corps. Il lui apprit à chevaucher, à guider sa monture, à lui faire

1. L'écuyer est chargé d'entretenir les armes et le cheval d'un seigneur ; il n'est pas chevalier lui-même, n'ayant pas été adoubé.

sauter des obstacles, à manier la lance et l'épée, à tirer à l'arc, à lancer le javelot. Il lui apprit les règles de la chasse. Surtout, il lui apprit à se montrer, en toutes circonstances, loyal, vaillant et généreux, à protéger les faibles, à respecter et servir les dames.

Tristan était un élève doué. À quatorze ans, il parlait plusieurs langues, jouait de la harpe et chantait à ravir, s'exprimait avec élégance ; bref, il excellait dans tous les exercices du corps et de l'esprit. Il était grand, bien fait, avec un beau visage, des yeux clairs, des cheveux châtains bouclés. Tous ceux qui l'entouraient le chérissaient et particulièrement Roald le Fidèle, qui le traitait avec tant d'honneur et d'affection que ses propres fils en étaient jaloux ; car ni eux ni leur frère adoptif ne connaissaient la vérité sur la naissance de Tristan.

Un beau jour, dans le port au pied du château, un bateau jeta l'ancre. C'étaient des marchands norvégiens qui vendaient toutes sortes de fourrures, des manteaux en peaux d'ours, du poisson séché, de l'huile de baleine, du goudron et du soufre. Ils avaient aussi des oiseaux de chasse, faucons, émerillons, autours[1]. « Demande à notre père de nous en acheter, il ne te refuse jamais rien », dirent les deux fils de Roald à Tristan.

1. L'émerillon est un petit faucon et l'autour un grand rapace. Tous deux étaient utilisés en fauconnerie.

Le maréchal monta donc sur le bateau, avec Governal et les jeunes gens, et il leur acheta tout ce qu'ils désiraient. Au moment où ils allaient partir avec les oiseaux, les yeux de Tristan tombèrent sur un échiquier. « Dites-moi, nobles marchands, savez-vous jouer aux échecs ? Accepteriez-vous de faire une partie avec moi ? » demanda-t-il. L'un des Norvégiens s'avança et, sous le regard intéressé de Governal, les deux joueurs s'absorbèrent dans leur partie, à tel point que Roald décida de s'en retourner avec ses deux fils, laissant sur le bateau Tristan et son maître, qui les rejoindraient plus tard.

Les parties d'échecs se succédaient, et les marchands s'émerveillaient de voir un si jeune homme gagner à chaque fois et de l'entendre si bien s'exprimer dans leur langue. Ils se dirent que s'ils parvenaient à l'emmener avec eux, ils pourraient obtenir de lui un bon prix, en le vendant comme esclave. Ils levèrent l'ancre sans faire de bruit et s'éloignèrent rapidement, de sorte qu'ils se trouvaient déjà en pleine mer lorsque Tristan leva les yeux de l'échiquier. « Messires, qu'avez-vous fait ? » s'exclama-t-il, et il commença à se lamenter et à pleurer, tandis que Governal, impuissant, était jeté par les marchands dans une méchante barque, avec pour tout bagage une rame et un quignon de pain.

Après bien des difficultés, il aborda en Loenois pour annoncer l'enlèvement de Tristan. Dès que la nouvelle fut connue, tous, nobles ou gens du peuple, se désolèrent. Roald se montrait le plus affligé ; aussi décida-t-il d'équiper un navire pour partir à la recherche de celui qui était à la fois son seigneur et son enfant.

Cependant les marchands cinglaient vers la Norvège. Ils essuyèrent d'abord un vent contraire, puis de fortes bourrasques, une mer déchaînée ; enfin la tempête les assaillit avec tant de violence qu'au bout de huit jours et huit nuits, ils ne savaient plus où ils se trouvaient et que même les plus endurcis, terrifiés, s'attendaient à la mort. Alors il leur vint à l'idée que leur mauvaise action – l'enlèvement d'un innocent – était peut-être la cause de leur malheur. Ils promirent à Dieu de rendre à Tristan sa liberté. Aussitôt la tempête s'apaisa et, dans les brumes du petit matin, ils aperçurent une terre. Ils avancèrent sur une mer calme et débarquèrent l'adolescent. Ils lui donnèrent une miche de pain et lui souhaitèrent bonne chance. Après quoi, ils s'en allèrent.

Tristan, assis sur le rivage, regarda le bateau aussi longtemps qu'il put le suivre des yeux. Il se trouvait seul, perdu, sans ressources, sur une terre inconnue et sauvage, sans doute hantée par des bêtes féroces. Comme à leur compagnie il aurait préféré celle des Norvégiens malgré leur traîtrise ! Comme il regrettait la présence de ses parents et de ses frères, qui devaient mourir d'inquiétude à son égard !

Il soupira, implora Dieu, se leva et commença à escalader les énormes blocs rocheux qui bordaient la côte. Arrivé à leur sommet, il découvrit une route. Comme il s'y engageait, il aperçut deux vieux, barbus, chevelus, poussiéreux, le bâton à la main, qui venaient à sa rencontre. Il reconnut des pèlerins aux coquilles qu'ils portaient, cousues sur leurs habits[1]. Ils lui apprirent qu'il était en Cornouailles, le pays du roi Marc, et ils firent route ensemble vers Tintagel.

Ils traversaient une forêt lorsqu'un cerf vint s'abattre à leur côté, un dix-cors[2] magnifique, poursuivi par des chiens. Tandis que les pèlerins continuaient leur chemin, les chasseurs entouraient la bête et ils laissèrent Tristan approcher, car l'adolescent avait fière allure et portait de riches habits.

Le maître veneur[3] s'apprêtait à trancher la tête du cerf abattu quand Tristan l'interpella : « Maître, qu'allez-vous faire ? Il s'agit d'un noble animal, pas

1. Les pèlerins qui se rendaient à Saint-Jacques-de-Compostelle avaient l'habitude de coudre des coquillages sur leurs vêtements, en signe de reconnaissance.

2. Un dix-cors est un cerf de sept ans, de grande taille, dont les bois ont de nombreuses ramifications.

3. Le veneur est un officier de la chasse d'un seigneur. La vénerie est l'art de la chasse, en particulier de la chasse à courre.

d'un porc ! » Le maître veneur se redressa, regarda le jeune étranger et dit : « Mon enfant, connais-tu une autre façon de procéder ? Peux-tu nous la montrer ? J'aimerais la connaître. »

Tristan ôta son manteau, attacha ses cheveux, releva les pans de sa tunique et commença à dépouiller la bête. Quand il eut retiré la peau, il la dépeça, séparant les épaules et les cuissots de l'échine[1], retirant les entrailles, tranchant enfin le cou. Sur une branche fourchue, il attacha les organes de l'animal, puis il prépara la curée en lançant les entrailles sur la peau et en appelant les chiens, qui se jetèrent dessus. L'échine serait, plus tard, donnée aux pauvres. « Voici, dit Tristan, comment l'on procède dans mon pays. »

Ensuite il coupa un long piquet dans la forêt, y fixa la tête du cerf et la branche fourchue. « C'est l'offrande du piquet que vous apporterez courtoisement à votre seigneur », expliqua-t-il aux chasseurs, qui l'observaient avec admiration.

Il les fit mettre deux par deux, précédés par leurs valets, et souffler dans leurs cors de chasse. Lui-même chevauchait à leur côté, car ils lui avaient donné une monture. Ils s'étonnaient grandement d'avoir rencontré ce jeune homme accompli, si bien versé dans l'art de la vénerie, et ils se demandaient

1. C'est-à-dire la colonne vertébrale.

d'où il venait. Tristan se douta de leur curiosité, mais comme sa mésaventure avec les Norvégiens l'avait rendu prudent, il leur dissimula son origine. Il inventa un conte : il était fils d'un riche marchand du Loenois et il avait quitté son père, afin de parfaire son éducation et découvrir d'autres pays.

Cependant, tout en devisant, ils étaient arrivés devant un château puissant et beau, dressé au-dessus de la mer. Leur sonnerie de chasse retentissait si mélodieusement, si longuement, que toute la cour et même le roi Marc sortirent pour voir ce qui se passait. Quand le maître veneur eut parlé de Tristan au roi, celui-ci fit venir l'adolescent près de lui. Dès le premier coup d'œil, Tristan plut au roi et le roi à Tristan – pourtant ni l'un ni l'autre ne savaient qu'en réalité ils étaient oncle et neveu.

« Devine ce qu'il va t'arriver, Tristan, dit avec malice Marc au jeune homme. Je veux que tu sois mon maître veneur ! »

Tristan répondit en souriant : « Seigneur, à votre volonté ! En toute occasion je vous servirai, comme votre veneur et votre vassal.

— Très bien, mon ami, qu'il en soit ainsi ! »

Pendant trois ans, Tristan accompagna partout le roi Marc. Non seulement il le servait à la chasse, à la table, et participait aux divertissements après les banquets, mais, comme il couchait dans la chambre du roi, lorsque le sommeil fuyait Marc, Tristan pour lui jouait de la harpe et de la rote[1] et chantait, à voix douce, les beaux lais[2] de son pays.

Le roi l'avait en grande affection et lui donnait chevaux et somptueux habits, autant qu'il en voulait. À la cour, comme dans les campagnes, tous appréciaient le jeune homme, car il se montrait aussi empressé envers les pauvres gens qu'envers les puissants. Le sénéchal[3] de Marc, Dinas de Lidan, un homme d'âge mûr et de grande sagesse, était devenu son ami. Certains cependant étaient surpris de trouver tant de talents réunis en cet enfant et doutaient qu'il pût être vraiment fils de marchand.

Ainsi, pendant trois ans, Tristan vécut en la bienveillante compagnie du roi Marc, dans la gaieté et l'insouciance, et ce fut sans doute la période la plus heureuse de sa vie. Mais il ne le savait pas.

Un samedi matin, en sortant de la messe, Tristan vit un homme qui semblait attendre, devant la porte de la cathédrale. Il était vêtu comme un pauvre, sans manteau, pieds nus, mais il avait un noble maintien. Tristan n'hésita pas et se jeta dans ses bras : c'était Roald le Fidèle, le maréchal de Rivalin, qui, au bout de trois ans d'errance, avait fini par retrouver la trace de son fils adoptif. Si

1. Petite harpe portative qui ressemble à une lyre.
2. Récits poétiques chantés.
3. Haut fonctionnaire de l'administration royale.

Tristan reconnut immédiatement celui qu'il prenait pour son père, il n'en fut pas de même pour le maréchal ; il avait laissé un enfant dans le bateau des Norvégiens, il retrouvait un homme. Il ne se lassait pas de le contempler en versant des larmes.

Tristan emmena Roald au château, pour le présenter au roi Marc. Une fois baigné et paré de riches vêtements, il avait la fière allure d'un seigneur. Et tous s'étonnaient, à la cour, qu'il fût, selon les dires de Tristan, un simple marchand.

À la fin du repas donné en son honneur, le roi Marc lui demanda de raconter son histoire. Roald parla d'abord de ses longs efforts pour chercher celui qu'il aimait comme un fils et qui, pourtant, lui était étranger.

« Étranger, dit Marc, comment est-ce possible ? Tristan n'est pas votre fils ? »

Alors Roald le Fidèle dévoila toute la vérité, évoqua les amours de Rivalin et Blanchefleur et, à l'appui de ses paroles, montra au roi l'anneau que celle-ci portait au doigt et qu'elle lui avait confié, pressentant sa mort prochaine. « Je le reconnais, dit le roi, ému. C'est moi qui le lui avais offert. »

Le roi pleurait et ses seigneurs avec lui. Seul Tristan gardait les yeux secs, trop bouleversé pour extérioriser sa peine. D'un coup il apprenait que le maréchal n'était pas son père et que son vrai père était mort, tué par le duc Morgan. Il se sentait doublement orphelin.

« Ne te désole pas, Tristan, dit le maréchal, qui le devinait. Tu as toujours deux pères, moi-même, qui t'ai élevé, et le roi Marc, frère de ta mère. Et sache que désormais tu es l'égal des rois. Demande à ton oncle de t'aider à reprendre tes terres de Loenois et de t'armer chevalier.

— Beau neveu, s'écria le roi, tu peux me demander ce que tu veux. Toutes mes richesses sont à toi, car tu es mon seul héritier.

— Bel oncle, à présent j'ai hâte de venger Rivalin, mon père, et de prouver au maréchal que je suis digne de l'éducation qu'il m'a donnée. »

Tristan fut adoubé par le roi Marc en personne et, avec lui, trente jeunes gens de Cornouailles, qui deviendraient ses compagnons. Après avoir pris congé de son oncle, il embarqua avec eux et Roald le Fidèle. Par bon vent, leur bateau cingla vers le Loenois.

3. Le Morholt

Dès que Tristan eut reconquis ses terres et vengé son père en tuant le duc Morgan, il réunit ses vassaux pour leur annoncer sa décision : il donnait son fief à celui qui l'avait élevé et aimé comme un père, Roald le Fidèle, et, après la mort de celui-ci, à ses descendants. Quant à lui, Tristan, il retournerait près du roi Marc, envers lequel il avait des devoirs, comme son seul parent et son héritier. Les regrets et les pleurs de Roald et des chevaliers du Loenois ne purent le retenir. Il emmena avec lui son écuyer, Governal, et les jeunes nobles qui l'avaient accompagné et repartit en Cornouailles.

Quelle ne fut pas sa surprise, en s'approchant de Tintagel, de ne rencontrer que visages désespérés, de n'entendre que gémissements et sanglots ! Le roi d'Irlande avait envoyé son champion, le Morholt, pour réclamer le tribut annuel que lui devaient, prétendait-il, les gens de Cornouailles. Et ce tribut, après avoir été, les années précédentes, de laiton et de cuivre, puis d'argent, puis d'or fin, devait être à présent de soixante garçons de quinze ans, qui s'en iraient servir les seigneurs irlandais. Le Morholt était un géant d'une force et d'un acharnement au combat exceptionnels. À lui seul il valait quatre hommes, et personne sur toute la terre du roi Marc n'osait s'opposer à lui.

« Comment, seigneurs chevaliers, s'écria Tristan en apprenant ce qui se passait, vous laisserez vos enfants partir en exil et en servitude ? Aucun d'entre vous ne se lèvera pour défendre son bien le plus cher, pour conserver sa liberté ? Ce pays est un pays d'esclaves ! Qu'un seul d'entre vous se présente pour livrer bataille à celui qui exige de vous cet horrible tribut, et votre honneur sera sauf. Mais si personne ne se propose, alors j'irai, moi, par amour pour le roi mon oncle et pour la sauvegarde de vos enfants. Tout jeune et inexpérimenté que je suis, avec l'aide de Dieu, je vaincrai. »

En entendant ces paroles, le roi Marc se sentit fier d'avoir un pareil neveu et angoissé à l'idée que

Tristan risquait sa vie. Il fit tout pour le détourner de son projet. En vain. Tristan avertit le Morholt qu'il allait l'affronter en combat singulier.

La rencontre fut fixée au troisième jour, dans une petite île, au large de la côte.

Chacun se prépare et le roi Marc lui-même aide son neveu à revêtir son armure, fixe à ses pieds les éperons, lui donne une épée de bonne largeur, bien tranchante, et un grand écu[1] tout neuf, dont Tristan peut s'envelopper. Il lui fait amener un cheval de Castille joliment caparaçonné[2].

Tristan prend alors une large barque, capable de les transporter, lui et son cheval. Les Irlandais et les gens de Cornouailles, de tous âges, de toutes conditions, attendent, massés sur le rivage.

Quand Tristan aborde dans l'île, le Morholt est déjà arrivé. Il a solidement amarré son bateau ; Tristan, lui, repousse le sien du pied pour qu'il parte à la dérive.

« Que fais-tu là ? lui demande l'Irlandais. Pourquoi n'attaches-tu pas ta barque ?

— Une seule embarcation suffit à celui qui sortira vivant d'ici.

1. Grand bouclier.

2. Revêtu d'une housse décorée (le caparaçon) ou, pour le combat, d'une sorte d'armure.

— Tu as raison, jeune homme ! Ta réponse me plaît. Viens avec moi, je ferai ta fortune. Renonce au combat. Ce serait trop dommage de te tuer.

— Je renoncerai au combat si tu renonces à ton tribut injuste.

— Tu sais bien que c'est impossible.

— Alors ne perdons pas notre temps en paroles. »

Ils s'élancent l'un contre l'autre avec tant d'ardeur que leurs lances se brisent en mille morceaux. Ils restent sur leur cheval et poursuivent le combat à l'épée. Le Morholt fonce comme un sanglier et fait pleuvoir sur Tristan une grêle de coups qui devraient l'assommer, si celui-ci n'avait un bouclier aussi solide et s'il ne savait pas aussi bien le manier. Pourtant, à force de parer aux multiples attaques, il le lève trop haut, se découvre. Son adversaire en profite pour le blesser à la cuisse. La blessure est large et profonde, elle inonde de sang le cavalier et sa monture. Tristan est à demi évanoui.

Les gens restés sur le rivage, pour voir ce qui se passe dans l'île, se haussent sur la pointe des pieds ; ils aperçoivent le cheval ensanglanté et s'exclament. Tristan les entend vaguement, il entend le Morholt s'approcher.

« Reconnais que tu es vaincu et que c'est moi qui ai raison. Ta blessure est empoisonnée, personne ne saura te guérir. Seul le pourraient ma sœur, la reine, et sa fille, Yseut la Blonde, toutes deux expertes en herbes et en onguents[1]. Viens dans mon pays, elles te soigneront, si tu abandonnes le combat.

— Jamais je ne renoncerai, répond Tristan. Plutôt mourir. Mais ne te réjouis pas trop vite : je peux encore te rendre coup pour coup. »

Et Tristan, comme ressuscité, lance son cheval à telle allure sur le Morholt qu'il le jette à bas de sa monture, puis lui assène un tel coup sur la tête qu'il fait voler son heaume. L'Irlandais se relève pour courir sur Tristan et tranche la jambe de son coursier, qui s'écroule. Voilà les deux combattants à pied, enragés l'un contre l'autre.

Le Morholt se précipite vers son cheval, au passage ramasse son heaume, s'apprête à remonter en selle, pose la main sur la bride. Tristan, avec l'agilité de la jeunesse, bondit, lui tranche le poignet. La main tombe sur le sable avec le gantelet. D'un second coup, il lui enfonce son épée dans le crâne. Le fer pénètre profondément. Cette fois le Morholt est mort. Il se fracasse sur le sol.

Le combat est terminé.

Tristan peine à retirer la lame de la plaie : un morceau de métal restant coincé dedans, sa bonne épée est ébréchée. Incident malheureux qui devait lui causer bien des ennuis plus tard.

1. Pommades utilisées pour soigner les malades.

Quand il remonta dans la barque, il tenait l'épée à la main et dissimulait sa blessure derrière son bouclier. Il arriva sur le rivage. Aux acclamations de la foule, aux félicitations du roi Marc se mêlaient les lamentations des Irlandais. Tristan se dirigea d'abord vers eux. « Allez chercher votre seigneur dans l'île, ou plutôt ce qu'il en reste. C'est le cadeau que nous vous offrons, en guise de tribut ! »

Puis il alla retrouver les siens. Dès qu'il fut au milieu d'eux, cessant de cacher sa blessure, il s'effondra.

Les Irlandais ramenèrent dans leur pays le cadavre de leur champion. Là il fut enterré en grande pompe. Auparavant Yseut, sa nièce, et la reine d'Irlande, sa sœur, qui étaient toutes deux d'habiles médecins, examinèrent ses plaies, dans l'espoir vain de le rendre à la vie. Elles trouvèrent dans le crâne le morceau de l'épée qui avait tué leur seigneur. Yseut la Blonde le prit et le rangea pieusement dans un coffret. Puis toutes deux s'abandonnèrent à la douleur.

La disparition du Morholt était une grande perte pour le royaume d'Irlande. Sa force et la peur qu'il inspirait lui avaient permis d'assujettir tous les pays environnants et de les soumettre au tribut. En représailles, le roi d'Irlande décréta que tout voyageur en provenance de Cornouailles serait pendu. Bien des innocents perdirent ainsi la vie, eux qui n'étaient pour rien dans la fin du Morholt.

Tristan, pendant ce temps, se débattait contre la douleur et la mort. Aucun médecin ne parvenait à le soigner. Sa plaie s'envenimait et répandait une puanteur horrible, si bien que ses amis ne venaient plus le voir. Seuls s'approchaient encore de lui le roi Marc, le fidèle Dinas de Lidan, et son écuyer, Governal.

Tristan savait qu'il était perdu. Son corps était affaibli, mais son esprit, intact. Il combina un plan : s'il parvenait en Irlande, sans se faire connaître, il avait une chance de guérir. La réputation de la reine était grande ; quant à Yseut, sa fille, elle était renommée dans tous les pays à la ronde pour sa beauté, sa courtoisie et son savoir.

Tristan demanda à son oncle de lui équiper un navire, muni d'un canot de bord, avec huit hommes sûrs, dont un timonier qui connût bien les chemins de la mer. En secret, il embarqua, n'emportant que sa harpe, et le roi Marc le vit partir, la mort dans l'âme. « Si je ne reviens pas, vous pourrez disposer de mes gens et de mes biens. Mais attendez un an. »

Ils franchirent la mer sans difficulté et, par une nuit sombre, ils arrivèrent à proximité de Dublin, la ville où se trouvait la résidence royale. Tristan alors demanda à ses compagnons de le porter dans le canot avec quelques vivres et sa harpe, et il leur ordonna de fuir sur leur navire, le plus vite possible avant le lever du jour. Les marins eurent du mal à accepter ses ordres et à l'abandonner, mais Tristan demeura inflexible.

Le voici seul, faible, couché dans son petit bateau, dérivant sur l'eau, le long des quais de la ville. Dès que le soleil parut, il se mit à jouer de la harpe et à chanter, d'un chant si mélodieux que les passants étaient dans le ravissement. Ils se demandaient qui pouvait bien se tenir dans ce canot. Ils furent bien étonnés de découvrir un homme malade, le visage boursouflé, dont le corps sentait mauvais, et ils s'étonnèrent qu'il eût la force de chanter.

Ils le questionnèrent. Qui était-il ? D'où venait-il ? Tristan leur dit qu'il se nommait Tantris, qu'il était jongleur et qu'il se rendait en Espagne, quand son bateau avait été attaqué par des pirates. Il souffrait beaucoup, mais il gardait confiance en Dieu... Un marchand le transporta dans sa maison, le soigna avec dévouement et fit venir un médecin. Le médecin fut impuissant, évidemment.

La reine avait entendu parler de Tantris, le merveilleux jongleur malade, de son courage, de ses nombreux talents. Elle et sa fille, Yseut la Blonde, se rendirent à son chevet. Elles comprirent, en voyant sa plaie, qu'il avait été empoisonné. Heureusement pour Tristan, elles ne se doutèrent pas que l'épée du Morholt était la cause de sa blessure. Imaginez comme leur attitude aurait changé alors !

Au bout de quarante jours, grâce à leurs tisanes et à leurs onguents, Tristan était guéri. Pour les remercier, à la demande de la reine, il enseigna à la jeune fille ce qu'il savait. Elle était déjà bonne musicienne, elle devint meilleure encore, et son père, dont elle était la fille unique, l'invita désormais à venir les divertir, lui et les seigneurs étrangers qu'il recevait. Ses blanches mains volaient sur les cordes de la harpe ou de la lyre, et quand sa voix émouvante s'élevait, plus d'un cœur battait.

La reine était enchantée de l'enseignement de Tristan et souhaitait le garder à la cour. Mais celui-ci pensait qu'il était temps pour lui de s'en aller. Il avait recouvré sa force et sa beauté et il craignait sans cesse qu'un des hommes qui avaient accompagné le Morholt le reconnût. Il pria la reine de bien vouloir le laisser partir, car il avait hâte de retrouver parents et amis, qui étaient sans nouvelles de lui. Avec tristesse, elle y consentit.

4. La quête d'Yseut

Le dragon

Dès que le bateau de Tristan s'approcha des côtes de Cornouailles, dès qu'il apparut à la proue, fièrement dressé, la foule s'amassa sur le rivage pour l'acclamer, et Marc sortit de son château, s'avança sur le sable et l'enlaça.

Le soir même, au cours du banquet, Tristan conta ses aventures : comment, en inventant de belles ruses, il avait sauvé sa vie et comment la reine et sa fille l'avaient guéri. Il vanta longuement leurs mérites, surtout ceux d'Yseut aux Blonds Cheveux, la Bonne, la Belle, la Courtoise. Tous l'écoutaient, charmés.

Tous ? Non pas. Certains envieux le jalousaient parce qu'il était beau, généreux et vaillant et parce que le roi l'aimait. Ils redoutaient par-dessus tout, au cas où celui-ci mourrait, que le royaume ne revînt à son cher neveu. Parmi eux se trouvaient Andret, Denoalan, Ganelon et Godoïne. Hauts et puissants seigneurs, vassaux de Marc, ils haïssaient Tristan et ne reculeraient devant rien pour lui nuire.

Les envieux se concertèrent. Ils commencèrent par répandre le bruit que Tristan était magicien : qu'il ait pu échapper à tant de dangers sentait la sorcellerie. Puis ils s'adressèrent au roi Marc pour le supplier de prendre une épouse. Un pays tel que la Cornouailles devait avoir une reine et le royaume avait besoin d'un héritier.

« Mais l'héritier, je l'ai déjà, affirma Marc en désignant son neveu. Je n'ai aucune envie de m'embarrasser d'une femme ! »

Les envieux revinrent à la charge, et bientôt Tristan se joignit à eux. Favoriser ce mariage était pour lui la seule façon de contrer ses ennemis et d'anéantir leurs soupçons. Il le fit comprendre à son oncle.

« Or donc, dit Marc, puisque vous tous, mes vassaux, vous me le conseillez, je consens à me marier. Mais je ne prendrai pour femme que celle à qui appartient ce cheveu... ce cheveu d'or, vous voyez ?, qu'une hirondelle vient d'apporter par la fenêtre ouverte. »

Les seigneurs se récrièrent. Le roi Marc plaisantait ! Alors l'un d'eux, plus avisé, fit remarquer qu'un tel cheveu ne pouvait appartenir qu'à Yseut la Blonde, cette princesse dont les talents avaient ébloui Tristan. Elle serait une reine accomplie, et ce mariage ferait cesser la guerre entre Irlande et Cornouailles. Qui sait même si Marc n'aurait pas un jour sous sa domination les deux pays, Yseut étant fille unique et seule héritière ?

Le roi Marc acquiesça à leur proposition et, contemplant tous les nobles assemblés, il leur lança :

« Lequel d'entre vous aura assez d'audace pour braver le danger et chercher de ma part la princesse en Irlande ? »

Les seigneurs se regardèrent, embarrassés.

« Hum, fit le plus âgé au bout d'un moment, il me semble que... celui qui connaît déjà le pays... la langue et même la famille royale, celui-là serait le plus qualifié... c'est-à-dire...

— Moi ! s'écria Tristan. Eh bien, puisque vous le voulez, je serai l'audacieux qui brave le danger... J'irai chercher la Belle aux Cheveux d'Or ! Roi Marc, qu'en dites-vous ? Répondez !

— C'est bien, dit tristement le roi. Qu'il en soit ainsi !

— Alors faites équiper un grand vaisseau, avec des coffres remplis de beaux habits et d'objets de valeur, avec des armes et des chevaux, avec des marchandises à vendre, froment, farine, miel et vin. Permettez-moi d'emmener avec moi Governal, mon écuyer, et trente chevaliers parmi les plus braves... Donc les puissants seigneurs qui m'ont désigné... »

Andret, Denoalan, Ganelon et Godoïne étaient pris à leur propre piège : la rage au cœur, ils durent accepter la proposition.

Tristan et les trente chevaliers partirent avec la marée. Après une traversée heureuse, ils jetèrent l'ancre au large de Wexford, où la cour d'Irlande avait sa résidence d'été.

« À présent, écoutez-moi ! leur dit Tristan. Que les puissants barons se cachent avec les armes et les chevaux au fond du bateau. Surtout qu'ils ne se montrent pas ! N'oubliez pas qu'en Irlande nous risquons la pendaison. Les autres revêtiront de simples vêtements de toile. Pour le reste, laissez-moi faire. »

Les barons obéirent en maugréant. Tristan s'enveloppa dans un manteau à capuchon, descendit à terre et se dirigea vers la demeure du maréchal irlandais chargé de garder le port et la ville. Il commença par lui offrir la plus précieuse de ses coupes et, se faisant passer pour un marchand flamand, obtint l'autorisation de commercer librement.

Tristan s'en retournait vers son navire, lorsque retentit un cri épouvantable, venu des collines, audelà de la ville, un cri prolongé qui semblait sortir d'une gueule infernale. Autour de lui, les gens fuyaient et bientôt il ne resta plus, dans les rues vides, que lui-même et un mendiant, clopinant aussi vite qu'il pouvait.

« Ami, pour l'amour de Dieu, dis-moi ce qui se passe, lui demanda Tristan.

— Le dragon... c'est le dragon, répondit l'autre, courant toujours. Il nous annonce sa venue. Demain, dès l'aube, il sera là... comme chaque jour, prêt à dévorer ceux qu'il trouve.

— Un dragon... Personne n'a essayé de le tuer ?

— Bien sûr, messire, sans succès. Le dragon brûle tout ce qu'il touche... Pourtant le roi a promis belle récompense à qui saurait nous en débarrasser... sa fille Yseut en mariage ! Plus d'un y a laissé sa vie.

— Ami, merci. Que Dieu te garde ! »

Et Tristan lui lança une pièce de monnaie que l'autre attrapa au vol, déjà loin malgré sa boiterie.

Tristan s'en revint songeur vers le bateau. Il annonça aux chevaliers qu'ils n'auraient rien à craindre s'ils jouaient bien leur rôle de marchands et ne souffla mot du dragon. Le lendemain matin, juste avant le lever du jour, il revêtit son armure, monta sur son cheval et s'en alla, par les rues désertes, droit vers les collines, à la rencontre du dragon.

Comme il sortait de la ville, le soleil naissant illumina autour de lui un paysage désolé, des arbres nus, des rochers noircis. Alors le même horrible cri se fit entendre – ah, braves gens, si vous l'aviez entendu, votre sang se serait figé dans vos veines ! Tristan, lui, n'eut pas même un tressaillement. Mais son cheval se cabra et refusa d'avancer.

À ce moment, cinq chevaliers dévalèrent la colline et, remarquant l'étranger sur sa monture immobile, lui crièrent : « Il est là... Il arrive... Fuyez ! » et s'en furent au galop vers la ville. Pour toute réponse, Tristan éperonna vivement son cheval et le lança à l'assaut de la pente. En haut se trouvait le dragon. Il sortait lentement de sa tanière, il déroulait sa queue gigantesque ; puis, se dressant sur ses pattes, il déploya sa tête de monstre, d'où le feu sortait par les naseaux. Aussitôt l'armure de Tristan devint noire et brûlante, mais cela ne l'arrêta pas. Il attaqua la bête de sa lance ; celle-ci se rompit sur la peau aussi dure que du métal. Tristan repartit à l'attaque et, malgré les rugissements, les flammes et la fumée, il enfonça sa bonne épée dans la gueule ouverte – jusqu'au cœur. Son ennemi était mort, son cheval aussi, carbonisé ; et lui-même, brûlé jusqu'aux os, ne valait guère mieux. Il eut encore la présence d'esprit de couper la langue du dragon et de la fourrer dans son haut-de-chausses[1], s'éloigna en vacillant jusqu'à une mare, dans l'espoir que l'eau apaiserait ses souffrances. Il se laissa tomber et perdit connaissance.

1. Longue culotte serrée sur les jambes, portée par les hommes.

Pendant ce temps, les cinq chevaliers, entendant des bruits de lutte, s'arrêtèrent dans leur fuite. Ils tendirent longtemps l'oreille. Leur chef, qui était le sénéchal du roi d'Irlande, décida de retourner vers l'antre du dragon pour en avoir le cœur net. Ils tombèrent sur le cadavre de la bête, cherchèrent en vain celui qui l'avait tué. Or le sénéchal était amoureux d'Yseut la Blonde et depuis des mois rêvait de gagner sa main ; mais toujours, au moment d'approcher le dragon, la peur l'envahissait et il reculait à toutes jambes. Il vit là l'occasion de réaliser son rêve. Il trancha la tête du dragon, fit jurer à ses compagnons qu'ils ne le trahiraient pas et s'en fut à la cour du roi se proclamer vainqueur de la bête et réclamer sa récompense.

La belle Yseut ne l'entendait pas ainsi. Elle avait en horreur le sénéchal, dont la réputation de lâche et d'hypocrite était connue. Elle ne pouvait croire qu'il était venu à bout du monstre. Elle se confia à Brangien, qui était à la fois sa suivante et son amie. « Je suis certaine, lui dit-elle, que celui qui a réellement tué la bête gît quelque part aux environs, blessé sans doute, mort peut-être... Viens avec moi. Mais d'abord avertis Périnis, mon valet fidèle. »

Les deux femmes se glissèrent hors du château royal, par une porte secrète, et partirent dans la campagne. « Regarde, dit la princesse à sa compagne, les empreintes laissées par ce cheval... Il n'est pas ferré comme ceux d'ici. C'est le cheval d'un étranger, celui que nous cherchons. » Elles suivirent ces traces et finirent par découvrir l'animal lui-même ou plutôt ses restes carbonisés. Mais où était son maître ?

Elles cherchèrent encore. Enfin Brangien vit, aux rayons du soleil couchant, étinceler le heaume de Tristan. Elles s'approchèrent du corps noirci, méconnaissable, délacèrent le heaume, retirèrent doucement l'armure. La langue de la bête, qu'il avait cachée dans son haut-de-chausses, tomba sur le sol. Plus de doute ! C'était bien cet étranger le vainqueur du dragon. Il respirait encore.

Aidées par Périnis, elles transportèrent le blessé au château. La reine, prévenue par sa fille, accourut, et les deux femmes déployèrent toutes les ressources de leur art pour ramener le jeune homme à la vie. Dès qu'il eut repris connaissance, que les potions et les onguents lui eurent rendu forme humaine, elles se regardèrent, étonnées : l'étranger ressemblait trait pour trait à Tantris, le jongleur dont elles avaient tant apprécié la compagnie.

« Es-tu Tantris ? lui demanda la reine.

— Oui, dame, c'est bien moi, lui répondit-il dans un souffle.

— Bel ami, je suis contente d'avoir pu encore te sauver ! Où est ta harpe ?

— Ah dame, pour un temps, je l'ai abandonnée. Je me suis fait marchand et suis venu de Flandre, vendre du miel, du vin, de la farine et du froment. La mer mauvaise a poussé notre bateau sur votre côte. Là j'ai entendu parler du dragon... et voyez... Mes compagnons doivent s'inquiéter... »

Yseut les écoutait, heureuse de retrouver le musicien qui avait guidé sa main sur la harpe et lui avait appris tant de beaux lais ; surprise seulement qu'il fût devenu marchand. Elle lui promit d'envoyer jusqu'à son bateau le fidèle Périnis pour rassurer ses compagnons.

Si ceux-ci furent contents, et surtout Governal, qui avait tant craint pour la vie de son maître, je vous le laisse deviner ! Du moins ceux qui aimaient Tristan. Les autres cachèrent leur déception, et particulièrement Andret, Denoalan, Ganelon et Godoïne.

Tristan champion d'Yseut

Cependant le sénéchal pressait le roi de tenir sa promesse. Il avait déjà convoqué tous ses vassaux pour son mariage. Alors Yseut, sur le conseil de sa mère, alla trouver son père et se jeta à ses genoux.

« Sire, ne me livrez pas si vite à un homme lâche et menteur. Je connais celui qui a véritablement tué le dragon. Il peut vous en fournir la preuve. Acceptez qu'il soit mon champion, qu'il vienne en votre cour s'opposer aux prétentions du sénéchal. »

Le roi aimait sa fille. Il lui accorda un délai. Dans trois jours, il rendrait justice en présence de tous les seigneurs irlandais.

Il ne restait que trois jours à Yseut pour préparer son champion. Le premier jour, elle et sa mère redoublèrent de soins. Le deuxième jour, Tristan fit prévenir ses chevaliers qu'ils auraient à se rendre à la cour d'Irlande le surlendemain. Ils devraient se parer de leurs plus riches vêtements et demeurer absolument muets, même si on leur adressait la parole. Pour lui-même il se fit apporter un coffre renfermant des habits magnifiques, mais il ne les montra à personne.

Le troisième jour, selon la coutume des jeunes filles de bonne maison, Yseut lui prépara un bain avec des herbes, pour détendre et assouplir son corps. Pendant que Tristan se délassait dans l'eau tiède et parfumée, Yseut, dans la pièce voisine, examinait ses armes afin de s'assurer qu'elles avaient été bien nettoyées. « Il est étrange, se disait-elle, que de telles armes appartiennent à un marchand. Vraiment ce jeune homme, si bien fait de corps et d'esprit, si courageux, mériterait d'être prince et d'avoir un royaume à lui. » Tout en réfléchissant ainsi, elle soupesait le heaume, plus étincelant que jamais, et le haubert[1], léger et résistant.

1. Sorte de chemise à fines mailles de métal portée sous l'armure.

Elle s'amusa même à tirer du fourreau l'épée – cette bonne épée qui avait eu raison du dragon.

C'était aussi l'épée qui avait tué le Morholt ; depuis ce jour, elle était restée ébréchée.

Yseut voit l'entaille, elle sent son cœur bondir. Elle se souvient d'avoir retiré de la blessure de son oncle un morceau de métal de la même forme. Elle court le chercher dans le coffret où elle l'a conservé : il s'ajuste parfaitement à l'entaille.

En brandissant l'épée, elle se précipite vers Tristan assis dans son bain.

« Tu n'es pas Tantris, mais Tristan ! crie-t-elle. Tu es le meurtrier du Morholt... Meurs à ton tour !

— Ah demoiselle, que faites-vous ? Pitié... Ne tuez pas un homme sans défense !

— Tu as pris la vie de mon oncle, je prends la tienne...

— Dans mon pays, ce n'est pas la coutume de prendre vie pour vie.

— Eh bien ce sera la mienne ! »

La jeune fille, tremblant de douleur et de rage, menace toujours Tristan de son épée.

« Pitié, noble Yseut, pitié... Tuer n'est pas l'affaire d'une demoiselle, douce et belle... Avez-vous oublié que vous m'avez déjà deux fois donné la vie grâce à vos soins ? Votre peine sera perdue si je meurs à présent.

— Laisse là tes belles paroles. Tout ce que je sais, c'est que mon oncle est mort, et par ta faute, lui que je chérissais si fort. »

Yseut éclate en sanglots, et son bras, qui tient encore l'épée, faiblit.

À cet instant entrent dans la pièce la reine et Brangien. Elles s'étonnent de voir Yseut en larmes, une épée à la main, à côté de Tristan assis dans son bain.

« Mère, s'exclame la jeune fille, vous croyez avoir devant vous Tantris le jongleur ? Si vous inversez les syllabes de son nom, vous saurez que cet homme est Tristan, Tristan de Loenois, le responsable de la mort du Morholt.

— Tu es Tristan ? demande la reine au jeune homme.

— Je le suis. Mais sachez, dame, que si j'ai tué votre frère, c'était en un combat loyal. J'y étais forcé pour libérer la Cornouailles et sauver de la servitude les jeunes gens de mon pays.

— Il a avoué, mère. Dénonçons-le au roi.

— Ah, fait la reine, qui m'aurait dit qu'au lieu d'un rossignol, je nourrissais un serpent ! Pourtant, ma fille, ne nous laissons pas emporter par la colère. Cet homme a accepté d'être ton champion. Il est en ton pouvoir, mais aussi en ta garde. Qu'en penses-tu, sage Brangien ?

— Madame, je pense que si celui-ci meurt, lui qui est beau, vaillant, de naissance royale, votre fille deviendra l'épouse du sénéchal. »

Un profond silence suivit ces paroles. Tristan retenait son souffle. La reine réfléchissait.

« Je te pardonne, dit-elle enfin au jeune homme. Yseut, tu dois en faire autant. »

Yseut laissa tomber l'épée à terre et demeura muette, le visage fermé.

« Soyez remerciée, reine ! s'écria Tristan. Vous ne regretterez pas votre générosité. Car si je suis venu en ce pays où m'attendaient tant de dangers, c'est que je suis porteur d'une bonne nouvelle concernant votre fille... Mais vous en saurez plus demain, lorsque j'aurai détruit les prétentions du sénéchal.

— Donnez-lui le baiser de paix, conseilla Brangien à la reine. Promettez-lui qu'il n'aura pas à craindre pour sa vie sur le sol irlandais. Et que le roi en fasse autant...

— J'irai trouver le roi et je le convaincrai. Le roi m'écoute. Yseut, viens avec moi solliciter ton père. »

Yseut suivit sa mère à contrecœur. Pourtant, au fond d'elle-même, elle savait que le seul moyen d'échapper au sénéchal, c'était de faire la paix avec Tristan.

Elle songeait aussi qu'elle avait deviné juste : Tristan n'était pas fils de marchand, mais fils de prince.

Le lendemain était le jour tant attendu de la confrontation entre les deux vainqueurs supposés du dragon.

Dans la grand-salle du palais, de chaque côté du trône du roi et de la reine, étaient assis les barons irlandais. Le sénéchal se tenait au milieu de ses vassaux, confiant et souriant à l'idée d'avoir bientôt à lui la fière Yseut. Celle-ci n'était pas encore là.

On entendit soudain le bruit d'une cavalcade. Puis, ayant pris le temps d'attacher leurs chevaux à l'extérieur, des chevaliers, inconnus des Irlandais, entrèrent et se rangèrent contre un mur de la salle, sans prononcer une parole. C'étaient les gens de Cornouailles. Ils avaient l'air hautain de grands seigneurs, et leurs habits de velours et de soie, leurs pelisses aux fourrures les plus rares, les chaînes d'or qui pendaient à leur cou remplissaient de surprise et d'admiration l'assemblée. « Qui sont-ils ? chuchotait-on. Ils ne peuvent appartenir qu'à la suite d'un prince. »

À ce moment, Yseut fit son entrée, tenant Tristan par la main. Tous deux étaient grands, beaux, rayonnants de jeunesse et superbement vêtus. Tristan alla retrouver ses chevaliers, qui le saluèrent, et toute l'assemblée comprit qu'il était leur chef.

Mais, parmi les Irlandais, certains qui étaient allés en Cornouailles reconnurent en lui le meurtrier du

Morholt. Ils commencèrent à murmurer, prêts à tirer leur épée.

Le roi intervint : « Rengainez vos armes, seigneurs. J'ai promis à ce chevalier la vie sauve, quoi qu'il arrive. Je lui ai donné le baiser de paix. Tristan ! Tristan de Loenois, prince valeureux, autrefois notre ennemi, notre ami à présent, dis-nous pourquoi tu es ici ! »

Tristan s'avança hardiment et désigna le sénéchal :

« Cet homme exige la main d'Yseut parce qu'il a tué le dragon. J'affirme qu'il ment. Le dragon, c'est moi qui l'ai tué, et je peux le prouver. Et s'il le faut, je le soutiendrai par les armes.

— Mais... la preuve... je l'ai, moi... balbutia le sénéchal, qui fit signe à deux valets d'apporter la tête du dragon.

— Justement, Sire, regardez, dit Tristan. Avez-vous déjà vu une tête sans langue ? Cette langue, la voici, c'est moi qui l'ai coupée... Vous pouvez vérifier que c'est bien celle du dragon. Voyez les traces de la coupure. »

Le roi convint que cette preuve était irréfutable.

Une rumeur emplit la salle, tous les regards se portèrent sur le sénéchal.

Celui-ci redoutait par-dessus tout d'avoir à affronter Tristan en combat singulier. Après avoir consulté ses vassaux, il reconnut piteusement avoir menti et renonça à ses prétentions sur Yseut. Puis il sortit de la salle, poursuivi par les moqueries et les rires.

Tristan alors s'agenouilla devant le roi.

« Sire, je vous demande en récompense la main de votre fille, ainsi que vous l'avez promis. Je ne vous la demande pas pour moi, je suis trop jeune pour cela, mais pour mon oncle, le roi Marc de Cornouailles, le plus vaillant, le plus puissant et le meilleur des hommes. C'est pour lui que je suis venu ici et que j'ai bravé le danger. Si vous y consentez, Sire, et vous, dame, votre fille sera l'épouse d'un grand roi, la souveraine d'un grand pays. Les vassaux de Marc ici présents s'en portent garants. Sire, et vous, reine, acceptez-vous ?

— J'y consens, dit le roi après avoir consulté sa femme. Ce mariage sera gage de paix entre Irlande et Cornouailles. Sans doute serons-nous affligés de laisser partir notre fille que nous aimons tant. Mais un destin heureux l'attend. Dès que les préparatifs du voyage seront finis, Tristan emmènera Yseut dans son nouveau royaume. »

À ces mots, tous les seigneurs qui se trouvaient dans la salle acclamèrent longuement la famille royale et Tristan.

Seuls Andret, Denoalan, Ganelon et Godoïne laissèrent entendre à qui les écoutait qu'un tel succès n'était pas naturel et que Tristan était sorcier.

Quant à Yseut, elle se taisait, secrètement blessée que Tristan l'eût conquise, non pour lui, mais pour un autre.

5. Le philtre

Ainsi s'acheva la quête de la Belle aux Cheveux d'Or.

Tristan était heureux d'avoir conquis la belle pour l'offrir à son oncle. En conduisant la nouvelle reine sur son bateau, il ignorait que cette femme était l'image de son destin et qu'elle transformerait sa vie en une suite de délices et d'infinis tourments.

Deux navires cinglaient vers le pays de Marc. L'un emmenait les chevaliers venus de Cornouailles. Dans l'autre se trouvaient Tristan, avec Governal, son écuyer, Yseut et Périnis, son valet fidèle, et toutes ses suivantes ; parmi elles, son amie Brangien. Tristan avait fait aménager pour les dames une belle chambre à la poupe du bateau.

La reine s'y tenait tristement, sans jamais vouloir en sortir. Brangien ne parvenait pas à la consoler.

« Hélas ! répétait Yseut, les yeux pleins de larmes, j'ai quitté mes parents, mes amis, les collines vertes de l'Irlande. Je pars seule dans un pays nouveau. Au milieu d'inconnus, je serai l'étrangère, peut-être l'ennemie... Comment veux-tu que je me réjouisse ? »

Tristan se sentait responsable de la reine. Il passait tous les jours dans la chambre pour savoir comment elle supportait la traversée. Elle le repoussait : c'était à cause de lui qu'elle était dans la peine. En outre elle se sentait mal. Les mouvements du bateau, dont elle n'avait pas l'habitude, l'incommodaient.

Par bon vent, la traversée se poursuivait, monotone.

Un beau jour, le vent tomba. En attendant qu'il reprît, les matelots amenèrent la voile. Le bateau était presque immobile, seul l'agitait un très léger roulis. Il faisait chaud. Brangien était montée sur le pont, croyant pouvoir mieux respirer.

Tristan alla trouver Yseut, restée seule dans la chambre, avec une petite servante. « Ne voulez-vous pas, dame, faire quelques pas avec moi et venir regarder la mer ? Il fait si lourd ici ! N'avez-vous pas soif ? Quelqu'un pourrait-il nous servir à boire ? »

La petite servante chercha longtemps et finit par trouver un flacon. Elle en versa le contenu dans une coupe qu'elle tendit à Tristan. Il l'offrit à la reine. Elle but la première, lui ensuite.

À cet instant, Brangien entra dans la pièce. Elle les vit boire, elle reconnut le flacon. Elle le prit et courut le jeter dans la mer. « Ah, misérable ! s'écria-t-elle. Je n'ai pas su faire bonne garde de ce que la reine d'Irlande m'a confié. Il aurait mieux valu que je ne sois pas née ! »

Avant le départ de sa fille, la reine avait minutieusement préparé un breuvage magique, fait de poudres et d'herbes dans du vin. « Brangien, avait-elle ordonné, tu le verseras à Marc et à Yseut le soir de leurs noces, quand ils seront couchés et qu'ils réclameront à boire. C'est un philtre d'amour. Ceux qui le boivent sont liés par un sentiment si fort que, si on les sépare, ils meurent. Prends-en grand soin et fais bien attention que personne d'autre qu'eux n'en boive. »

Et voici que Tristan, au lieu de Marc, avait bu le philtre avec Yseut !

Ils se regardaient sans comprendre ce qu'il leur arrivait. Ils avaient froid et ils brûlaient. Ils ne parvenaient pas à se quitter du regard. En même temps, ils avaient honte de ce qu'ils ressentaient. Ils se sentaient comme égarés.

Les jours suivants, ils se tinrent éloignés, mais rien ne pouvait les empêcher de penser constamment l'un à l'autre.

« Ah, songeait Yseut, comme Tristan est bon envers moi ! Malgré mes plaintes et mes reproches, il est plein de sollicitude. C'est un chevalier noble et courtois. Et quelle intelligence ! Quel courage ! Pour m'obtenir, il a terrassé le dragon et déjoué les plans du sénéchal. Sans doute est-il digne de mon amour... Cependant je lui suis indifférente puisqu'il me fuit. »

De son côté Tristan éprouvait pour Yseut un amour ardent. « Je ne pourrai jamais vivre sans elle, se disait-il, et pourtant elle est promise à un autre – et quel autre ! mon cher oncle, mon suzerain[1], le puissant roi de Cornouailles ! Si je m'abandonne à l'amour, que deviendra mon honneur ? J'aurai trahi la confiance de Marc... Mais à quoi bon me tourmenter ? Elle ne m'aime pas, elle me l'a assez fait comprendre. »

Ils avaient beau tenter de se fuir, ils se rencontraient sans cesse : l'espace est étroit sur un bateau. Ils demeuraient muets, mais leurs regards parlaient pour eux. Il ne leur fallut que quelques jours pour deviner leur passion réciproque, ce qui les effraya encore plus.

Se fuir, se chercher, se trouver et à nouveau se fuir : à ce jeu, ils perdirent l'appétit, le sommeil, la

1. Le suzerain est un seigneur important envers lequel le vassal doit des services en échange de sa protection.

paix de l'esprit, devinrent agités, pâles et sans forces. Brangien, qui les épiait, craignit pour leur vie. Elle se confia à Governal, sous le sceau du secret ; mais que pouvaient-ils faire ?

Ce fut Yseut qui se décida la première. Un jour que Tristan se trouvait près d'elle, elle trébucha, se retint à lui et resta appuyée contre son épaule. « Mon cher seigneur », balbutia-t-elle. « Ma douce Yseut », répondit-il en la serrant entre ses bras.

Ils ne résistèrent pas plus longtemps et pendant le reste de leur voyage, ils connurent les plaisirs de l'amour. Ils auraient voulu que ce temps béni ne finît pas, que la traversée durât éternellement. Ils se doutaient qu'ils ne retrouveraient jamais une telle plénitude de bonheur.

Un matin, la terre de Cornouailles fut en vue. Les matelots poussèrent des cris de joie.

Tristan et Yseut abordèrent au port de Tintagel, dans le royaume de Marc. S'ils faisaient bonne figure, ils avaient le cœur serré.

6. Le pin et la fontaine

La harpe de Tristan

Les noces du roi de Cornouailles et de la princesse irlandaise furent somptueuses. Marc chérissait sa jeune épouse et n'en aimait pas moins son neveu chéri, car celui-ci lui avait amené, au péril de sa vie, la reine la plus accomplie et la plus belle qu'on pût imaginer. Dans le pays entier résonnaient les louanges d'Yseut, que tous chantaient, riches ou pauvres. Quant au nom de Tristan, associé à celui de la reine, il était prononcé avec une crainte respectueuse. N'était-il pas le plus fier chevalier du royaume et le plus proche parent des souverains ?

Aussi personne ne s'étonnait-il de voir l'épouse du roi et son neveu toujours ensemble. Ils passaient la journée en conversations et en divertissements variés : musique, jeux d'esprit et de mots, jeux d'échecs. La nuit, elle, était réservée à des jeux d'une autre sorte.

En effet, suivant les mœurs de ce temps-là, Tristan, parce qu'il était neveu du roi, et Brangien, suivante de la reine, dormaient dans la chambre royale. Dès que Marc partait à la chasse ou à la guerre, Tristan, resté à Tintagel sous n'importe quel prétexte, pouvait enfin rejoindre Yseut. Brangien se faisait leur complice, elle qui se sentait responsable d'eux, les ayant, par sa négligence, laissés boire le philtre d'amour.

Les amants coulaient des jours heureux. Jamais Yseut n'avait paru plus belle, ni sa voix plus douce quand elle chantait, Tristan l'accompagnant sur sa harpe. Mais ni l'amour fort et brûlant, ni le bonheur ne peuvent se cacher longtemps. Ceux qui, par tous les moyens, cherchaient à nuire à Tristan, surprirent entre les amants des regards tendres, des gestes affectueux. Andret, Denoalan, Ganelon et Godoïne se hâtèrent d'aller trouver le roi pour lui faire part de leurs soupçons. Marc ne voulut rien entendre et les renvoya brutalement. Cependant il resta en son esprit quelques traces de leurs médisances. Il se surprit à épier sa femme et son neveu quand ils étaient ensemble. Mais il ne trouvait entre eux qu'un attachement bien naturel et innocent.

Tristan s'aperçut des regards inquiets de son oncle. Comme sa vie inactive à la cour commençait à lui peser, il décida d'aller chasser dans la forêt proche. Il partit seul, avec son cheval et sa harpe ; ainsi la musique pourrait-elle le distraire quand il serait las de poursuivre les bêtes.

Voici qu'en son absence un seigneur irlandais du nom de Gandin aborda sur la côte de Cornouailles. C'était un homme puissant, riche et vaillant. Il avait autrefois aimé Yseut et avait pour elle accompli maint exploit. Il s'avança vers Tintagel, sans lance ni bouclier, portant seulement sur son dos une rote, un bel instrument incrusté d'or et bien pourvu de cordes.

Le roi le reçut magnifiquement et, parce que ce seigneur était compatriote de la reine, Marc le fit asseoir à ses côtés pendant le banquet. Il le pria de déposer sa rote, afin d'être plus à l'aise pour manger. Gandin refusa. Personne ne put le convaincre de s'en séparer. Les gens de Cornouailles commencèrent à murmurer, trouvant grossière cette conduite. Dès que le repas fut fini, le roi demanda à l'étranger de faire un peu de musique pour les distraire, lui et ses vassaux.

« Seigneur, je le ferai, répondit Gandin, si je suis sûr d'obtenir une récompense.

— Demandez-moi ce que vous voulez, vous l'aurez ! s'écria aussitôt Marc. Mais charmez-nous d'abord par un de vos beaux airs irlandais. »

L'étranger s'exécuta, et le jeu de ses doigts sur les cordes était si habile que tous l'écoutaient avec plaisir.

« Jouez un autre air, demanda le roi.

— Volontiers », dit l'étranger – et le second air plut encore davantage que le premier.

« À présent, dit l'étranger, je réclame la récompense que vous m'avez promise.

— Avec joie, fit le roi. Dites-moi ce que vous voulez.

— Je veux Yseut.

— Yseut ? La reine ? Par ma foi, vous ne l'aurez pas ! Je vous donnerai ce que vous voudrez, sauf Yseut.

— Je ne veux qu'elle... Songez, Sire, que vous avez promis devant témoins ; que si vous ne tenez pas votre promesse, on vous traitera de parjure. Il y a des lois en ce pays : un parjure ne pourra jamais gouverner, ni en ce royaume ni ailleurs... Mais je suis prêt à soutenir ma cause par les armes... Qui veut s'opposer à moi ? Vous peut-être, roi Marc ? »

Le roi était bien embarrassé. Il regarda tous ses vassaux : aucun n'osait affronter Gandin, tant était grande sa réputation de hardiesse au combat. Marc lui-même ne s'en sentait pas capable. Quel malheur que Tristan fût parti à la chasse !

Yseut en pleurs fut emmenée par l'étranger jusqu'au rivage où se trouvaient son bateau et ses matelots. Comme la mer s'était retirée et que le navire était à sec, il fallait attendre la marée montante. En jouant de la rote, Gandin essaya vainement de consoler la belle. « Ah, se disait-elle, si seulement mon bien-aimé était là... Lui aurait préféré mourir plutôt que de m'abandonner. » Et ses larmes redoublaient, au grand déplaisir de l'Irlandais.

Juste à ce moment, Tristan apparut devant eux, tenant sa harpe à la main. Il avait appris l'enlèvement d'Yseut, s'était hâté vers le bateau et, après avoir dissimulé son cheval et son épée à quelque distance, s'était élancé vers Gandin. Celui-ci le prit pour un ménestrel[1].

« Noble chevalier, s'écria Tristan, j'ai su que vous repartiez en Irlande. C'est là que je suis né, et j'ai hâte d'y retourner. Pour l'amour de Dieu, emmenez-moi avec vous !

— Ami, je te le promets... Mais d'abord assieds-toi et joue-nous quelque chose... Si ta musique parvient à consoler ma dame, je te donnerai le plus beau de mes vêtements. »

Tristan alors se mit à jouer et à chanter si doucement que les larmes d'Yseut séchèrent. Puisque

1. Musicien ambulant.

Tristan était près d'elle, plus rien de fâcheux ne pouvait lui arriver...

« Seigneur Gandin ! cria à ce moment l'un des matelots, le bateau est à flot ! Hâtez-vous et partons avant que messire Tristan n'apprenne ce qui s'est passé... On dit qu'il est d'une vaillance extrême et le vrai maître du royaume. S'il survenait, nous aurions des ennuis !

— Peu m'importe ce qu'on dit de lui, répondit Gandin vexé. Je resterai encore un peu... Mon ami, joue pour nous un autre lai. »

Cette fois Tristan joua avec tant d'ardeur et de sentiment que Gandin lui-même en eut les larmes aux yeux.

Mais quand le lai fut fini, la mer était si haute qu'Yseut ne pouvait se rendre sur la passerelle du bateau sans se mouiller. Il aurait fallu un très grand cheval pour l'y conduire.

« J'en ai justement un, affirma Tristan. Je vais le chercher. Je suis sûr qu'il pourra porter ma souveraine jusqu'au navire sans qu'une seule goutte d'eau ne l'atteigne. Laissez-moi essayer. »

Gandin accepta, et Tristan fit monter Yseut devant lui sur le cheval.

« Prends grand soin d'elle... Mène-la doucement, recommanda l'Irlandais. Mais que fais-tu ? Pourquoi t'écartes-tu ? Où vas-tu, imbécile ?

— Imbécile toi-même ! fit Tristan en riant, avant de partir au galop. Ce que tu as injustement gagné avec ta rote, je te l'ai repris avec ma harpe ! Rentre chez toi et va conter ta belle histoire aux Irlandais. Au fait... Tristan te remercie de lui avoir donné un si beau vêtement ! »

Et Tristan s'éloigna avec sa bien-aimée dans la forêt profonde.

Le lendemain, il remit Yseut au roi Marc en lui disant : « Voici celle que vous avez donnée pour un air de rote... Vit-on jamais reine livrée de la sorte ? Les gens vont se moquer de vous. Gardez-la mieux à l'avenir ! »

Le roi dans l'arbre

Si le roi se sentit confus, il n'en montra rien. Et la douce vie pour les amants reprit comme avant.

La réputation de Tristan avait encore grandi ; ce qui réjouissait ses amis, Governal et Dinas de Lidan, le sénéchal de Marc. Mais cela enrageait ses ennemis. Andret, Denoalan, Ganelon et Godoïne ne pouvaient le supporter et, sans se douter qu'ils disaient la vérité, ils se plaignirent au roi de l'inconduite de son neveu et de sa femme.

« Que me contez-vous là ! protesta le roi. Vous êtes jaloux parce que votre courage n'égale pas celui de Tristan. Avez-vous oublié qu'il est le soutien du royaume ? Qu'il a combattu le Morholt, épargné l'esclavage à vos fils et failli mourir pour cela ? Qu'il a conquis la reine après avoir abattu le dragon, qu'enfin il l'a tirée des mains de l'Irlandais ? Où étiez-vous pendant ce temps-là ? Quels ont été vos exploits ? »

Les barons ne répondirent pas et s'en furent piteusement. Le roi, agacé par cet entretien, décida de se retirer dans sa chambre. Ce fut alors qu'il surprit son neveu et la reine amoureusement enlacés, debout, au pied du lit. Quelle imprudence de leur part ! Ils s'écartèrent aussitôt l'un de l'autre, sans mot dire, si bien que Marc douta de ce qu'il avait vu. Se pouvait-il cependant que les barons aient eu raison, eux qu'il avait si durement rabroués ?

Il hésita un instant, puis se mit à crier : « Va-t'en, Tristan, tu m'as trahi ! Va-t'en et ne reviens jamais en ce château ! Estime-toi heureux que je te laisse la vie ! »

Ainsi les amants furent-ils séparés, sans même avoir pu se dire adieu. Voyez comme ils sont malheureux ! C'en est désormais fini pour eux de la douce vie qu'ils menaient, en toute tranquillité, avec la confiance du roi. Même s'ils se retrouvent, toujours ils se sentiront épiés, toujours ils craindront la trahison.

Tristan s'était retiré dans une petite maison du port de Tintagel, avec Governal. Il avait dû mettre tous ses biens en gage pour assurer sa subsistance. Ne lui restaient que son épée, son cheval et son écuyer. Celui-ci, qui avait été son bon maître autrefois, essayait vainement de le consoler. Tristan passait son temps à se demander par quels moyens rejoindre Yseut et regagner la faveur de son oncle. Comme il ne voyait aucune solution, il se désespérait et envisageait même de s'exiler dans un autre royaume, où on l'estimerait à sa juste valeur.

Yseut s'était couchée, pâle, languissante, les yeux fixes, ouverts sur on ne sait quel songe, ayant perdu le goût de vivre. Étrangère en Cornouailles, malgré la présence de ses suivantes et de Périnis, son valet, elle était seule, sans parents, sans amis, car Dinas de Lidan était absent. Qu'allaient donc devenir les deux amants si personne ne les prenait en pitié ? Pour eux la séparation était pire que la mort.

Heureusement, la dévouée Brangien eut une idée. Elle alla en cachette dans la maison de Tristan pour lui expliquer ce qu'il devrait faire.

Dans l'enceinte du château, au-delà des trois cours et du jardin de simples[1], se trouvait un verger. Le gazon était épais, les arbres toujours verdoyants. Un grand pin s'élevait au centre, ombrageant une fontaine. Du bassin s'écoulait un ruisseau, qui traversait cours et jardins et passait sous les fenêtres

1. Plantes médicinales.

de la chambre royale. La reine aimait se promener dans ce lieu plein de fraîcheur, seule ou avec ses dames, sans qu'un seigneur les y accompagnât. Souvent elle s'y attardait jusqu'à l'heure où s'allument les premières étoiles.

Il suffirait à Tristan de se rendre dans ce verger et de vérifier qu'il n'y rencontrerait personne. Pour prévenir la reine que la voie était libre, il taillerait une branche et lancerait dans le ruisseau les copeaux, marqués d'une croix pour plus de précaution. Chaque fois qu'Yseut les verrait, elle se hâterait d'aller le rejoindre.

Quelles heures délicieuses, toujours trop courtes, ils passèrent dans ce verger ! Yseut se sentait revivre, Tristan ne pensait plus à s'exiler.

Or depuis que le neveu du roi avait été banni, les barons envieux triomphaient à la cour. Eux qui s'étaient réjouis de la pâleur extrême de la reine remarquèrent que son beau visage reprenait des couleurs. Ils supposèrent que Tristan avait trouvé le moyen de la revoir.

Pour en avoir le cœur net, ils consultèrent un devin, le nain Frocin, lequel avait, prétendait-on, partie liée avec le diable. Non seulement le nain confirma leurs soupçons, mais il leur fit connaître le lieu du rendez-vous. Aussitôt Andret, Denoalan, Ganelon et Godoïne se rendirent chez le roi.

Marc se tourmentait, partagé entre la colère, le doute et le remords – tantôt persuadé de l'innocence de Tristan et d'Yseut, tantôt furieux de leur trahison. Aussi accepta-t-il facilement le plan que lui proposaient les barons. Il connaîtrait enfin la vérité.

Donc il annonça qu'il allait à la chasse et s'absenterait la semaine entière – ce dont la reine se réjouit. De bon matin, il partit en menant grand tapage, au milieu des aboiements, avec ses chiens et tout son équipage. Il s'arrêta un peu plus loin et revint sur ses pas, en secret, avec le nain Frocin, jusqu'au verger. Quand il fut arrivé, la nuit était tombée. La pleine lune éclairait si bien qu'on y voyait comme en plein jour. Où se cacher ?

« Sire, dit Frocin, il vous faut monter à l'arbre. Ses branches vous dissimuleront et, de là-haut, vous pourrez tout observer à loisir. Grimpez et j'en ferai autant. »

Marc était quelque peu gêné par son mantelet fourré, mais avec l'aide du nain et du diable, il parvint à gravir les branches et s'installa tant bien que mal à la fourche du grand pin. Bientôt il vit Tristan s'avancer. Que faisait-il ? Pourquoi s'amusait-il à tailler une branche ? Et la reine, où se tenait-elle ?

La reine guettait à sa fenêtre les copeaux marqués d'une croix. Dès qu'elle les aperçut, elle se prépara à aller rejoindre Tristan. Elle arriva, le cœur battant, tout essoufflée, étonnée que Tristan ne vînt pas à sa rencontre, comme il avait coutume de le faire. Avait-il surpris un de leurs ennemis ? Elle s'approcha de la fontaine. Alors elle vit dans le bassin, distinctement éclairé par la lune, le reflet des deux hommes juchés dans le pin.

Tristan aussi les avait remarqués, hélas ! trop tard : il avait déjà envoyé les copeaux. Dissimulé dans l'ombre d'un buisson, il redoutait la venue de la reine. Pourvu qu'elle se rendît compte de l'embuscade qu'on leur tendait...

Elle prit la parole la première.

« Tristan ! appela-t-elle. Tristan ! Où vous cachez-vous ? Pourquoi me faites-vous venir ici à cette heure tardive ? Parlez ! Vous savez ce que je risque en accédant à votre demande... Je craindrais pour ma vie si le roi l'apprenait, lui qui a cru si facilement nos ennemis, lui qui, bien à tort, nous soupçonne.

— Dame, fit Tristan en sortant de l'ombre et en se jetant aux pieds de la reine, si je vous ai demandé de venir ici, c'est que votre chambre m'est interdite... Vous seule pouvez intercéder pour moi auprès de mon oncle.

— Non, certes, je ne le ferai pas. Ce serait fortifier ses soupçons à notre égard.

— Vous êtes son épouse aimée... Dites seulement un mot en ma faveur, il vous écoutera... Alors que j'ai vécu près de lui tant d'années, que je lui ai rendu tant de loyaux services, il m'a chassé sans même me permettre de me justifier. Dame, je vous en prie...

— Je ne sais... Il est tard, je ne peux rester. Voyez comme je tremble !

— Noble dame, soyez bonne et courtoise, ne me rejetez pas. Avez-vous oublié que c'est moi qui suis, pour le roi, allé vous chercher en Irlande ? Que si vous êtes reine aujourd'hui, c'est grâce à moi ?

— Non, Tristan, je ne l'oublie pas... Mais je n'aurais pas cru devoir un jour le regretter ! Moi aussi, je suis dans la peine. Comme les soupçons du roi me pèsent ! »

Là-dessus, Yseut se mit à pleurer – ou plutôt elle fit semblant, car elle savait que le roi l'entendait.

« Ne pleurez pas, ma dame... Nous sommes tous les deux malheureux, parce que des barons félons[1] trompent le roi et le forcent à tenir éloignés les gens de son lignage[2]... Si seulement le roi s'en rendait compte ! Mais je vois bien que je dois m'exiler. J'irai donc servir un autre seigneur, dans un pays où l'on saura me faire honneur. Adieu, noble dame.

— Adieu, Tristan. Que Dieu vous garde ! »

Chacun s'en alla de son côté, tandis que le roi descendait de son arbre. Le nain s'était enfui, sans bruit, depuis longtemps.

1. Traîtres.
2. De sa parenté, de sa famille.

Marc demeurait attendri et songeur. « S'ils s'aimaient de fol amour, ils se seraient embrassés, se disait-il. Non, ils ne sont pas coupables. Demain, je demanderai à la reine de me réconcilier avec Tristan. C'est mon intérêt de conserver au royaume un chevalier de sa valeur. J'ai eu bien des torts envers lui : c'est de la faute de ces barons qui se jouent de moi et me rendent ridicule. Où est passée leur créature, ce nain maudit ? Comme j'aurais eu du plaisir à lui passer mon épée au travers du corps ! »

Le lendemain, Tristan rentra dans tous ses droits. Bien plus, Marc exigea que son neveu couchât dans la chambre royale et demeurât avec la reine aussi souvent qu'il lui plairait. Et pour que personne n'y trouvât à redire, le roi le nomma son chambellan[1].

Ainsi Tristan et Yseut étaient-ils à nouveau réunis. Mais ils se savaient épiés et la présence du danger enfiévrait leur amour, plus fort que jamais.

1. Seigneur chargé du service de la chambre du roi.

7. Pris au piège

Tristan et Yseut, à nouveau réunis, oubliaient toute prudence. Leur amour resplendissait ; seuls les aveugles ne pouvaient s'en apercevoir.

Les barons félons, eux, étaient tombés en disgrâce. Ils se réunirent, convoquèrent le nain, qui leur proposa un nouveau plan. Mais il fallait convaincre le roi de l'accepter.

Andret, Denoalan, Ganelon et Godoïne retournèrent donc à la charge auprès de Marc. Ils se plaignirent de la conduite scandaleuse de son neveu et de sa femme, accusèrent le roi de complaisance et menacèrent de déserter la cour et de lui faire la guerre si cette situation se prolongeait.

Le roi était bien en peine. Devait-il se priver de vassaux puissants ? Ou éloigner son neveu, un homme valeureux, qu'il voulait croire innocent ?

« J'accepte encore cette épreuve, finit-il par dire aux barons, à une condition : si nous ne pouvons prendre Tristan en faute, vous le laisserez à jamais en paix et le nain sera châtié. »

Frocin, convoqué devant le roi, exposa son plan. Marc devrait le soir même demander à son neveu de partir le matin suivant, très loin, et pour longtemps. Puis, vers minuit, le roi sortirait de la chambre. Tristan voudrait certainement rejoindre la reine durant la nuit. Tous deux tomberaient dans le piège.

« Quel piège ? demanda le roi.

— Sire, laissez-moi faire. Je vous promets que cette fois-ci Tristan sera pris en flagrant délit. Sinon, mettez-moi à mort.

— Si tu le promets... Va ! Qu'il en soit ainsi ! »

À présent, voyez la malice du nain ! Il alla acheter pour quatre deniers de farine et la répandit entre le lit de la reine et celui de Tristan : si l'un des deux rejoignait l'autre, leurs pas se verraient sur le sol.

Le soir vint. Après le repas, le roi se retira dans sa chambre avec la reine et Tristan. Il s'approcha de celui-ci et lui dit à voix basse : « Beau neveu, j'ai un service à te demander : porter de ma part ce message au roi Arthur, à Carduel[1], en Bretagne. C'est pressant. Il faudra que tu partes à l'aube.

— Bel oncle, je partirai dès que le ciel pâlira. »

Pourtant Tristan aurait aimé rester. Un sanglier l'avait blessé à la cuisse, la veille, au cours d'une partie de chasse, et sa jambe le faisait souffrir.

Surtout quitter la reine était un supplice. Comment la prévenir ? Attendre que le roi fût endormi ? C'était risqué. En outre Tristan avait remarqué la farine répandue sur le sol et compris qu'on voulait le piéger.

Mais l'amour se rit des difficultés.

Il y avait entre le lit où se trouvait Yseut et celui de Tristan presque la longueur d'une lance. À minuit, quand le roi quitta la chambre, Tristan se leva et, sans poser le pied par terre, d'un seul bond rejoignit la reine. Malheureusement, sous l'effort, sa blessure s'était rouverte. Des gouttes de sang tombèrent sur la farine et tachèrent les draps d'Yseut.

Pendant ce temps, dans la nuit étoilée, le nain Frocin lisait dans les astres que les amants étaient réunis. Le roi se tenait près de lui. « Il est temps, Sire, de vous en retourner dans votre chambre, avec vos hommes. »

Le roi obéit, précédé par le nain, qui portait une chandelle, suivi par Andret, Denoalan, Ganelon,

1. Cette ville, appelée aujourd'hui Carlisle, est située, au nord de l'Angleterre – autrement dit, loin de la Cornouailles.

Godoïne et quelques-uns de ses gens en armes. Mais Tristan les entendit. Il sauta dans son lit, s'enfouit sous les couvertures et, pour jouer l'homme endormi, se mit à ronfler. Peine perdue ! Les taches de sang le trahissaient, encore chaudes, sur le sol et dans les deux lits.

Le roi les voit. Il ne peut plus douter. Il pâlit de rage. Il fait signe aux barons, qui se précipitent. Ils lient les mains de Tristan derrière le dos, comme s'il s'agissait d'un voleur. Ils ligotent aussi la reine en l'insultant. Ils sont au comble de la joie.

Tristan se laisse faire, car il pense avoir droit à un duel judiciaire et il sait que personne ne le vaut au combat singulier. Mais le roi dit froidement : « Tristan, tu es pris en flagrant délit. Il n'y aura pas de jugement. Tu mourras demain, et la reine aussi.

— Pitié, cher oncle... Non pas pour moi, mais pour ma dame. De moi, faites ce qu'il vous plaira. Mais pour l'amour de Dieu, pitié pour elle ! »

Yseut, de son côté, dit d'une voix pleine de larmes : « Tristan, ami, comme vous voilà honteusement enchaîné ! Roi, laissez-moi mourir, mais qu'il ait la vie sauve ! »

Le roi ne répond pas.

Dans la ville et dans la campagne, court le bruit qu'on a arrêté la reine et Tristan et qu'ils seront exécutés. Tous se désolent, nobles, marchands ou paysans. « Ah, gémissent-ils, Tristan, Yseut, quel malheur que des canailles vous aient fait prendre par traîtrise ! Tristan, toi toujours si vaillant, toi qui as sauvé nos enfants... Quand le Morholt s'est avancé, les barons sont restés muets, toi seul as osé l'affronter... Et vous, reine, si belle, si noble, dans quel pays verra-t-on naître fille de roi telle que vous ?... Non, nous ne vous laisserons pas mourir ! »

Mais peut-on agir contre la volonté d'un roi ? Personne n'ose lui parler, encore moins le contredire, tant son visage offensé est rempli de fureur mauvaise. Dès l'aube, il a convoqué tout le peuple de Cornouailles et, dans la grand-salle du château, cela fait beaucoup de monde. On crie, on pleure, on se lamente. Le roi annonce que son neveu et sa femme monteront sur le bûcher et donne l'ordre de creuser immédiatement une fosse, à la sortie de la ville, sur la lande, et de couper des sarments et des épines blanches pour la remplir. Le peuple se récrie : « Sire, faites-les d'abord passer en jugement... S'ils le méritent, ensuite vous les mettrez à mort... Sire, pitié ! »

Le roi demeure inébranlable.

À ce moment son sénéchal, Dinas de Lidan, s'avance vers lui, s'agenouille : « Sire, quoi que Tristan ait fait, je m'offre à le réparer. »

Le roi ne répond pas.

« Sire, montrez-vous généreux envers un homme de grande valeur, envers une femme de si haut mérite... »

Le roi demeure muet.

« Sire, n'imaginez pas que je puisse assister à leur supplice ! Je m'en irai sur mes terres et je ne reviendrai pas. Adieu, roi ! »

Le roi répond : « Ils mourront aujourd'hui même. Qu'on aille allumer le feu ! Qu'on y emmène Tristan ! Il brûlera le premier. »

Dinas de Lidan s'éloigne, la tête basse. En chemin, il rencontre le cortège qui conduit Tristan au bûcher. La foule autour de celui-ci pleure et prie. Il a les mains attachées derrière le dos, ses gardes le bousculent. Dieu ! ayez pitié de lui !

Dinas l'embrasse en pleurant. « Comme je voudrais te venir en aide, ami Tristan... Tout ce que je peux faire, c'est d'user de mon autorité pour te soulager un peu. Gardes ! Déliez-lui les mains ! La dignité d'un tel prisonnier doit être respectée. »

Les gardes n'osent pas désobéir au sénéchal. Ils coupent les liens du prisonnier et cessent de le maltraiter.

Et le cortège poursuit sa route.

8. Le saut de la chapelle

Un peu plus loin se dressait une chapelle. La porte ouvrait sur le chemin, le chœur surplombait une falaise qui tombait à pic dans la mer.

En passant devant, Tristan dit à ses gardes : « Seigneurs, puisque je dois bientôt mourir, laissez-moi entrer pour dire une prière et demander pardon de mes péchés... Que craignez-vous ? Vous êtes tous armés d'une épée. Il n'y a pas d'autre porte et je ne peux sortir que par ici.

— Non, nous sommes déjà en retard », répondirent les gardes.

L'un d'eux protesta : « Dire une prière n'a jamais fait de mal à personne... Nous ne risquons rien. Laissons-le entrer. »

À peine Tristan eut-il franchi le seuil de la porte qu'il la referma derrière lui et la bloqua de l'intérieur, puis il grimpa sans bruit jusqu'à la fenêtre, l'ouvrit et se lança dans le vide. « Plutôt mourir de cette façon que de brûler vif au milieu de la foule », se dit-il en recommandant son âme à Dieu.

Maintenant, écoutez la belle histoire : Dieu l'entend et le prend en pitié. Le vent s'engouffre dans le manteau de Tristan et ralentit sa chute, si bien qu'il tombe sur le sable sans se faire de mal. Alors il se met à courir à grandes enjambées le long du rivage. Il court longtemps. Il se retourne souvent pour voir s'il n'est pas suivi. Enfin il parvient dans un petit bois. Là, ô surprise, l'attend Governal, son fidèle écuyer, son bon maître.

Aussitôt qu'il avait appris l'évasion de Tristan, Governal avait quitté la ville, par des chemins détournés, dans la crainte d'être pris et brûlé à la place de son seigneur. Et comme c'était un homme sage, il avait emmené avec lui leurs deux chevaux et la bonne épée de son seigneur, et il l'avait attendu.

Les deux hommes tombèrent dans les bras l'un de l'autre, puis Tristan monta en selle et lança son cheval au galop.

« Où allez-vous, seigneur ? lui cria Governal.

— Maître, je m'en vais délivrer Yseut ou mourir pour elle. Comment ? Moi, je vivrais alors qu'elle monterait sur le bûcher ? On la brûle à cause de moi, je mourrai à cause d'elle !

— N'y pensez pas, seigneur. Il vous faut vivre pour pouvoir la délivrer – sinon pour la venger ! Cachons-nous derrière ces hautes broussailles et attendons. Devant nous se trouve le chemin qui mène au supplice. S'il y a quelque chose à tenter, nous le ferons quand passeront Yseut et son cortège. D'ici là, ne vous montrez pas. Savez-vous que le roi a promis la mort à ceux qui vous protègent et belle récompense à quiconque mettrait la main sur vous ? Qui peut résister à de tels arguments ? Même ceux qui vous veulent du bien préféreront rester en vie et devenir riches plutôt que de vous aider. »

Tristan se désolait et serait parti malgré tout si son maître ne l'en avait empêché.

Pendant ce temps, à Tintagel, la nouvelle de l'évasion faisait grand bruit. Le peuple, en secret, se réjouissait. Yseut, soulagée, souriait dans ses larmes ; résignée à son sort ; elle ne souhaitait plus que d'être vengée. Les barons n'étaient pas rassurés. Tristan était un homme redoutable qui connaissait parfaitement le pays. Désormais, chaque fois qu'Andret, Denoalan, Ganelon et Godoïne quitteraient les murs rassurants du château, ils pourraient lui servir de cibles, de chasseurs devenus gibier.

Le roi était noir de colère : son neveu lui avait échappé ! Il tempêtait, vociférait, et sa rage se déversait sur Yseut. « Qu'on la fasse venir immédiatement ! »

Elle parut devant la foule, droite et fière dans un bliaut[1] de soie grise, qui soulignait ses formes. Ses cheveux tombaient jusqu'aux pieds, tressés avec un fil d'or. Son visage était couvert de larmes et ses mains si étroitement liées que le sang coulait sur ses poignets. En la voyant, le peuple se mit à murmurer : « Ah ! Noble reine, aimée et honorée de tous, quelle tristesse de vous voir ainsi ! Qu'ils soient punis, les traîtres, qui par leur faute vous ont conduite ici ! Que Dieu entende notre prière ! »

Le cortège avançait lentement vers le bûcher, suivi par une foule considérable. Déjà on entendait crépiter les fagots d'épines, lorsqu'un lépreux, du nom d'Yvain, se dirigea vers le roi, en agitant sa crécelle[2]. Il était grand et difforme et semblait le chef d'une troupe de gueux, tous aussi épouvantables que lui. La perspective d'assister à un supplice les avait amenés là.

1. Longue tunique portée au Moyen Âge par les femmes et les hommes.

2. Moulinet de bois qui tourne bruyamment. Les lépreux s'en servaient pour prévenir les gens de leur présence.

« Roi ! cria Yvain d'une voix grinçante, déformée par la maladie. Roi Marc ! Tu vas punir la femme qui t'a trompé, c'est justice ! Mais son châtiment ne sera pas de longue durée. À peine son petit corps sera-t-il brûlé que le vent en dispersera les cendres. Veux-tu qu'elle souffre plus longtemps et de telle façon qu'elle regrette le jour de sa naissance ? Le veux-tu ?

— Je le veux, répondit Marc.

— Alors livre-la-nous, la belle Yseut, livre-la à mes compagnons et à moi-même ! Elle qui vivait avec toi dans les honneurs, dans le luxe, dans les fêtes, elle connaîtra nos misérables huttes, nos corps pourris, nos vêtements en lambeaux ; elle mangera comme nous les déchets que l'on nous jette par charité. Elle regrettera tout au long de l'année de ne pas avoir été brûlée vive ! »

Le roi réfléchit un long moment. La foule retenait son souffle. Enfin Marc se pencha vers Yseut, la prit par la main pour la donner à Yvain. La reine se débattait en sanglotant : « Pitié ! Pitié ! Brûlez-moi plutôt ! Brûlez-moi ! » Mais le roi demeura sourd à ses plaintes et s'en retourna vers son château, laissant Yseut seule au milieu des lépreux.

Or ceci se passait justement à l'endroit où Tristan et Governal étaient cachés. Ils bondirent tous les deux sur la troupe des lépreux.

« Yseut, ma beauté, enfin je vous retrouve ! s'écria Tristan. Et toi, Yvain, ça suffit, lâche-la ! Si tu ne la lâches pas, je ferai voler ta tête avec mon épée !

— À moi, mes compagnons ! hurla Yvain. Sus ! À vos béquilles ! À vos gourdins ! »

Il tenait toujours Yseut par la main, alors Governal l'assomma d'un coup de bâton. La troupe des lépreux s'agitait, mais elle n'était pas de taille à résister longtemps. Ils se dispersèrent bientôt, blessés, estropiés, mais saufs, car Tristan était trop courtois pour s'abaisser à tuer des gens de cette sorte.

Tristan prit la reine en croupe et, suivi par Governal, ils s'éloignèrent rapidement vers la forêt du Morois.

9. La forêt du Morois

La vie errante

La forêt du Morois était si grande qu'il fallait plusieurs journées pour la parcourir en entier et si épaisse qu'on s'y sentait à l'abri comme à l'intérieur d'une forteresse. Elle donnait d'un côté sur la Croix Rouge, qui se dressait à un carrefour, et de l'autre sur une plaine immense, la Blanche Lande, qu'on atteignait en franchissant une zone marécageuse, au lieu-dit le Gué Aventureux.

Le premier soir après leur fuite, Yseut, Tristan et son écuyer chevauchèrent longtemps avant de s'arrêter. Quand ils mirent pied à terre, les deux hommes coupèrent des branches avec leurs épées pour construire une hutte, Yseut ramassa des feuilles pour en joncher le sol. Governal avait pensé à se procurer un arc et des flèches : c'était lui qui avait appris à Tristan à s'en servir, dans son enfance. Celui-ci était devenu un excellent archer. Il aperçut un chevreuil, tira, atteignit la bête au flanc droit. Il ne lui restait plus qu'à la dépouiller et à la dépecer, pendant que Governal faisait un bon feu de bois sec.

Ce fut leur premier repas dans la forêt. Ni pain, ni vin, ni sel, mais du gibier, de l'eau claire des ruisseaux, des fruits sauvages en abondance, tel serait désormais leur régime. Quant aux chevaux, ils devraient se contenter de mousse, de feuilles et d'herbe.

La reine dîna de bon appétit et se coucha dans la logette de feuillage, la tête sur l'épaule de son bien-aimé. Soulagée, heureuse, épuisée à cause de la grande peur qu'elle avait eue, elle s'endormit aussitôt.

Le lendemain matin, aux premiers gazouillis des oiseaux, ils repartirent. Chaque soir, ils changeaient de campement. Toujours sur le qui-vive, ils s'efforçaient de brouiller leurs traces, car ils savaient la tête de Tristan mise à prix. Heureusement pour eux, la réputation de celui-ci était telle que peu de gens osaient s'aventurer dans la forêt, craignant ses flèches ou son épée.

Pourtant un jour Ganelon, l'un des barons félons, y alla pour chasser le cerf. Mal lui en prit ! Car s'il entra dans la forêt, il n'en ressortit pas vivant. Governal le surprit et lui trancha la tête. Aussi, dans le pays, la terreur qu'inspirait le Morois grandit-elle et plus personne ne s'y rendit pour y chasser. Tristan et Yseut auraient pu y demeurer en paix. Malgré tout ils restaient inquiets ; la vie errante était pénible. Mais leur amour les empêchait de ressentir leurs souffrances.

C'est ce qu'ils expliquèrent à l'ermite[1] Ogrin, qu'ils rencontrèrent un jour par hasard. Le bon ermite les invita dans sa cabane, leur offrit à manger le peu qu'il possédait et les supplia de se repentir de leur péché. « Je ne sais si c'est un péché, répondit Tristan. Tout ce que je sais, c'est que le philtre nous y a forcés : nous ne pouvons pas ne pas nous aimer. » Yseut pleurait aux pieds du saint homme.

À quelque temps de là, ils eurent une grande émotion. Ils entendirent des aboiements. Tristan reconnut ceux de son chien de chasse favori ; toute la forêt en résonnait.

« C'est Husdent, mon bon chien ! s'écria-t-il. Ils l'ont lâché pour qu'il retrouve ma trace... Ils vont venir nous prendre, mais je saurai me défendre ! » Il banda son arc, prêt à tirer. Husdent apparut. Il

1. Religieux qui vit dans un lieu désert.

était seul. En voyant son maître, fou de joie, il bondit sur lui, le lécha, remua la queue, courut à Yseut, à Governal, fit même fête au cheval.

« Quel malheur, dit Tristan, que ce chien m'ait retrouvé... Avec lui, nous serons toujours en danger. Ses aboiements signaleront notre présence... Il va me falloir le tuer.

— Non, Tristan, fit la reine, je ne crois pas... J'ai entendu parler d'un forestier, dans le pays du roi Arthur, qui avait dressé son chien de telle façon qu'il suivait le gibier et le surprenait en silence. Pourquoi n'en feriez-vous pas autant ? »

Tristan essaya et, au bout d'un mois, Husdent suivait la trace sans aboyer. Il leur rendit de grands services et, grâce à lui, les exilés eurent toujours du gibier. Ils ne connurent jamais la faim, la forêt leur fournissant nourriture et logement. Mais Dieu ! que leur vie était rude ! Dans le froid, la pluie, la neige ou la chaleur de l'été, ils devaient toujours aller, traquer les bêtes, construire les huttes et partir et recommencer... Et chacun se demandait si l'autre n'avait pas de regret de la bonne vie qu'il menait avant...

Le roi Marc

Un beau matin d'été, au temps où mûrissent les blés, Tristan fut réveillé par le chant des oiseaux. Il se leva sans bruit, prit son épée et son arc et s'en fut traquer le cerf. Il était seul, Governal étant parti de son côté pour la journée. Il poursuivit l'animal longtemps. La chaleur était accablante quand il rentra dans la hutte, recru de fatigue, tout le corps en sueur.

« Où êtes-vous allé, mon cher seigneur ? lui demanda Yseut.

— Poursuivre un cerf. Je n'en peux plus. J'ai besoin de dormir. »

Il s'étendit sur le lit de feuillage, Yseut à côté de lui, et il posa son épée entre eux deux. Elle avait gardé sa chemise et lui, son haut-de-chausses. Bien que la reine eût passé le bras sous le cou de son ami et qu'il la tînt par la taille, leurs joues ne se touchaient pas. Par un trou dans le toit de branchages, un rayon de soleil descendait sur le beau visage de la reine.

Tristan et Yseut dormaient profondément lorsqu'un forestier, qui s'était ce jour-là aventuré dans les bois, remarqua des branches coupées, des feuilles arrachées, s'avança, vit la hutte, reconnut les amants endormis et s'éloigna de toute la vitesse de ses jambes, car il avait peur de Tristan. Il se rendit auprès du roi et, sûr d'obtenir une récompense, lui proposa de le mener jusqu'à la hutte.

Marc était bouleversé. Enfin il allait pouvoir se venger. Entre son neveu et lui, ce serait une lutte à mort.

Il défendit à quiconque de l'accompagner, prit son cheval et suivit le forestier jusqu'à la Croix Rouge, puis dans la forêt. Quand ils arrivèrent à proximité de la hutte, une fois le cheval attaché à un pommier sauvage, Marc fit signe au forestier de le laisser, dégrafa son manteau, dégaina son épée et s'approcha à pas feutrés de la couche de feuillage où dormaient les amants.

Il les observa un moment, remarqua qu'ils étaient vêtus, que leurs bouches n'étaient pas jointes, que l'épée séparait leurs corps. Ce n'était pas là l'attitude de deux êtres fous d'amour. Une nouvelle fois, Marc doutait de leur culpabilité.

Il remarqua aussi qu'Yseut portait la bague qu'il lui avait offerte le jour de leurs noces, une grosse émeraude cerclée d'or. Il avait eu alors du mal à la lui enfiler, à présent le bijou tombait presque du doigt tant la main était amaigrie. Elle avait conservé son clair visage. Comme le soleil qui tombait dessus devait la gêner !

Il s'attendrit. Il ne pouvait pas les tuer. Et puis c'était péché trop grave que de tuer des gens qui dorment. Il allait leur laisser des indices de sa venue ; ils comprendraient qu'il n'était plus le même et qu'envers eux sa colère s'était transformée en pitié.

Délicatement le roi prit ses gants fourrés d'hermine blanche – ceux qu'Yseut lui avait rapportés d'Irlande – et les disposa entre les branchages du toit, de façon à protéger du soleil le visage de la reine, puis il fit glisser doucement de son doigt la bague d'émeraude et la remplaça par son anneau à lui. Il saisit l'épée de Tristan, dont il reconnut la brèche qu'y avait faite le crâne du Morholt ; à sa place il mit sa propre épée, regarda une dernière fois les dormeurs et s'en fut sur la pointe des pieds jusqu'à l'endroit où l'attendait son cheval. Il congédia le forestier en lui donnant une belle bourse.

Cet homme stupide n'en profita pas longtemps : il se vanta de son exploit ; Périnis l'entendit et le tua.

Le roi Marc retourna à Tintagel, ne soufflant mot de son expédition à personne.

Les amants, épuisés, dormaient toujours.

Comme le soir tombait, Yseut fit un rêve. Elle se trouvait dans une forêt, à l'intérieur d'une tente luxueuse. Deux lions s'approchaient d'elle, prêts à la dévorer, chacun d'eux la tirant par la main. Elle poussa un cri, se dressa sur sa couche, les gants du roi tombèrent sur sa poitrine. Tristan, effrayé, saisit son épée et se rendit compte aussitôt que ce n'était pas la sienne : elle n'était pas ébréchée, elle avait un pommeau d'or ; c'était l'épée de son oncle. Au même instant la reine découvrit à son doigt l'anneau de Marc à la place de son émeraude.

« Seigneur Dieu, pitié ! s'écria-t-elle. Le roi nous a découverts !

— Il aurait pu nous tuer... Il était seul, il est parti chercher des gens en renfort. Il nous faut fuir. Quittons le Morois, allons au pays de Galles... Dépêchons-nous !

— Que se passe-t-il ? demanda Governal qui arrivait avec les chevaux.

— Maître, le roi Marc nous a trouvés endormis. Il est sûrement parti chercher ses barons. Il va revenir nous prendre pour nous brûler, tant il nous hait. Fuyons ! »

Ils partirent tous les trois, à travers la forêt, vers le pays de Galles, faisant de longues étapes, poussés par la peur.

Amour ! Amour ! Que tu leur as causé de souffrances ! Non seulement ils sont obligés de fuir, mais nuit et jour ils tremblent, leurs vêtements sont en lambeaux, ils sont devenus maigres et pâles.

L'ermite Ogrin

« Non, cette vie ne peut plus durer », se disait Tristan quelques jours plus tard. Il s'était levé de bonne heure sans réveiller son amie, avait poursuivi toute la journée un cerf qui lui avait échappé. Il s'en revenait vers la hutte, déçu, fatigué.

« Voilà presque trois ans que je suis ici. Je vis dans une peine perpétuelle, privé de tout, loin de la cour, exilé dans mon propre pays. Je devrais avoir sous mes ordres cent damoiseaux auxquels j'apprendrais le métier des armes... Je ne peux plus jouer mon rôle de chevalier, ni en Cornouailles ni ailleurs, et tout cela pour quoi ? Pour offrir à Yseut une cabane en guise de palais et l'éloigner d'un mari qu'elle a pourtant épousé selon le rite de l'église... Il faudrait que j'aie le courage de la rendre au roi Marc, mon oncle, envers lequel j'ai tant de torts, que Dieu me pardonne ! »

De son côté, Yseut se lamentait. « Ah ! Qu'ai-je fait de ma jeunesse ? Me voici dans la forêt comme une esclave alors que je suis reine et pourrais vivre dans un palais... Je n'ai personne à mon service, je devrais avoir près de moi cent demoiselles, auxquelles je donnerais de bonnes dots pour qu'elles épousent des seigneurs... Comme je regrette d'avoir quitté l'Irlande ! Et d'avoir bu sur le bateau le breuvage magique que Brangien a si mal gardé ! »

Ceci se passait à la Saint-Jean d'été. Trois ans auparavant, jour pour jour, Tristan et Yseut avaient bu ensemble, le philtre d'amour. Or la reine d'Irlande, qui l'avait préparé pour sa fille et pour le roi Marc, avait fixé à trois ans la durée de son pouvoir. Après l'enchantement de la passion était venu le temps du désenchantement. Pourtant la reine et Tristan s'aimaient toujours, comme vous le verrez par la suite.

Ils ne se cachèrent pas leurs pensées l'un à l'autre.

« Comment faire, demanda Tristan, pour que vous repreniez votre rang de souveraine et que je puisse retourner à la cour du roi Marc ? Nous ne pouvons continuer à vivre ainsi dans le mal.

— Allons trouver l'ermite Ogrin. Il sera de bon conseil. »

Ils retournèrent à l'ermitage et trouvèrent le saint homme en train de lire.

« Pauvres bannis ! dit-il en les voyant. Jusqu'où l'amour vous a-t-il menés !

— Telle était notre destinée ! répondit Tristan. Mais nous voulons changer de vie.

— Dieu soit loué ! »

L'ermite accepta de rédiger une lettre au roi Marc sous la dictée de Tristan. Après les salutations d'usage, celui-ci proposait à son oncle de lui rendre sa femme. Il s'était sauvé dans les bois avec elle, parce que le roi les avait condamnés sans jugement. Avec l'aide de Dieu, il avait pu s'échapper et secourir la reine. Il était prêt à prouver leur innocence par les armes. Si cette proposition convenait au roi, Tristan reviendrait se mettre à sa solde. Sinon il s'en irait, seul, avec Governal, servir un autre seigneur, en Frise ou en Bretagne[1]. Et si le roi ne reprenait pas Yseut, il la reconduirait en Irlande, où elle

1. La Frise désigne ici l'Écosse, et la Bretagne l'Angleterre.

mènerait une vie digne d'elle. Pour finir, il demandait au roi de bien vouloir accrocher sa réponse à la Croix Rouge, à la lisière du Morois.

Après avoir scellé la lettre, l'ermite demanda :

« Qui la portera ?

— Moi.

— N'en faites rien, Tristan, c'est trop dangereux !

— Personne ne connaît les lieux aussi bien que moi. J'irai avec Governal jusqu'à l'entrée de la ville. Là, je mettrai pied à terre, il gardera les chevaux et j'irai jusqu'au château... Yseut dormira ici, si vous le voulez bien, messire Ogrin.

Yseut eut beau le supplier avec des larmes dans la voix, Tristan attendit la nuit noire et exécuta son plan, point par point. Malgré la crainte qui le tenaillait, il réussit à franchir le fossé qui entourait les murailles du château. À cette heure, tout le monde était plongé dans le sommeil. Sans bruit, il se dirigea jusqu'à la fenêtre de la chambre où se trouvait le roi Marc et l'appela doucement.

« Qui est là ? dit celui-ci en s'éveillant.

— C'est moi, Tristan. Je vous apporte une lettre. Je la pose sur le rebord de la fenêtre. Je n'ose rester plus longtemps. »

Et Tristan disparut dans l'ombre.

« Attends-moi ! Mon cher neveu, attends-moi ! » cria vainement le roi.

Le lendemain, s'étant fait lire par son chapelain la missive de Tristan, le roi consulta ses barons et décida d'accepter la proposition qui lui était faite. Au fond de son cœur, il s'en réjouissait, car il aimait toujours sa femme.

Quant au retour de Tristan à la cour, il ne savait trop qu'en penser. Où trouverait-on meilleur chevalier pour défendre le royaume ? Dinas de Lidan lui conseillait de le reprendre, mais Andret, Denoalan et Godoïne, au nom de la raison, le persuadaient du contraire.

« Sire, laissez passer au moins un an pour vous assurer de la loyauté de la reine. Qu'il s'éloigne en attendant ! »

Le roi fit écrire sa réponse et donna l'ordre de la porter en hâte au carrefour de la Croix Rouge. Il était impatient de revoir Yseut. Pauvre femme ! Elle n'avait que trop souffert dans sa jeunesse... Il demandait à son neveu de lui amener la reine dans deux jours, au Gué Aventureux, mais il n'acceptait pas le retour de Tristan à la cour.

La vie errante dans la forêt se terminait pour les amants. Ils n'en étaient pas fâchés, mais souffraient de devoir se séparer.

« Yseut, ma dame, dit Tristan, quel que soit le pays dans lequel je vivrai, qu'il soit en guerre ou en paix, si vous m'appelez, je viendrai. Je souhaite vous donner un gage d'amour. Que voulez-vous ?

— Ami, donnez-moi votre chien Husdent. Aucun animal au monde n'aura plus confortable couche ni meilleure nourriture. Chaque fois que je le verrai, je penserai à son maître. Et prenez, pour l'amour de moi, cet anneau de jaspe vert. »

Yseut montra la bague à son doigt.

« Ami, si vous m'envoyez un messager, qu'il porte cet anneau ! Je serai sûre alors qu'il viendra de votre part. À votre appel j'accourrai et rien ne m'arrêtera, ni la défense du roi, ni la mer, ni la plus épaisse muraille.

— Amie, voici Husdent. Il est à vous.

— Ami, donnez votre doigt que j'y passe l'anneau. »

Ils scellèrent l'échange par un baiser.

« J'ai encore une prière à vous adresser, Tristan. Pourrez-vous rester quelque temps en Cornouailles ? J'ignore comment le roi Marc me traitera et je redoute les trois barons, nos ennemis. Je suis loin de mon pays, sans parents pour me défendre. Vous êtes mon seul ami. Cachez-vous chez le bûcheron Orri. C'est un homme à qui j'ai autrefois rendu service et qui m'est tout dévoué. J'enverrai chez lui Périnis vous donner de mes nouvelles.

— Ne craignez rien, ma dame. Je resterai chez Orri aussi longtemps qu'il le faudra. Malheur aux traîtres qui vous nuiront ! Ils me rencontreront sur leur chemin ! »

Pendant que Tristan et Yseut s'entretenaient de la sorte, l'ermite Ogrin était allé au mont Saint-

Michel[1] faire quelques achats pour la reine : fourrures, vêtements de soie, linge blanc, et un palefroi qui allait l'amble[2], tout harnaché d'or luisant.

La nouvelle du retour d'Yseut s'était répandue dans le pays. Nobles, bourgeois, petites gens – sauf les traîtres – tous se réjouissaient. Aussi, deux jours plus tard, y avait-il devant le Gué Aventureux une importante assemblée, le roi Marc avec toute sa suite. La Blanche Lande était couverte de tentes et de pavillons.

Tous attendaient. Alors on vit sortir de la forêt Tristan qui menait par la bride le cheval sur lequel se tenait Yseut. Dieu ! qu'elle était belle ! Visage clair, blonds cheveux, yeux lumineux, le corps gracieux sous son manteau d'écarlate fourré de petit-gris[3] ! Vraiment l'ermite Ogrin avait bien fait de dépenser tant d'argent !

Le roi s'avança à sa rencontre, avec Dinas de Lidan.

« Roi Marc, dit alors Tristan, on vous a fait croire des mensonges. Laissez-moi me disculper par un combat judiciaire... Gardez-moi avec vous ! »

1. Petite île rocheuse au sud-ouest de la Cornouailles, où se trouvaient un couvent et de nombreux commerces.

2. Cheval qu'on monte dans les cérémonies ou pour de longs déplacements. Il va l'amble, en levant en même temps les deux jambes du même côté.

3. Écarlate fourré de petit-gris : drap fin doublé de fourrure d'écureuil d'un gris bleuté.

Le roi hésita un instant, mais Andret, Denoalan et Godoïne s'approchèrent pour lui rappeler la décision qu'il avait prise.

« Non, Tristan, éloigne-toi pendant un an. Nous verrons alors... Mais demande-moi ce que tu veux... or, argent, beaux vêtements, pour les emporter avec toi. Où t'en vas-tu ?

— Roi de Cornouailles, merci ! De vous, je n'accepterai pas un sou ! Je m'en vais le plus tôt possible, avec le peu que je possède, me mettre au service d'un roi plus riche que vous ! »

Tristan prit alors congé de la reine. Ils échangèrent un regard de tendresse et, tandis qu'il s'éloignait, elle le suivit des yeux aussi longtemps qu'elle le put.

Dinas quitta les barons et galopa vers Tristan, ému de le voir s'en aller.

« Ami Tristan ! N'hésite pas ! Fais-moi savoir par Governal si tu as besoin de moi. Je ferai ce que tu voudras ! »

Certes, Dinas n'en aurait pas dit autant au roi Marc, dont il était pourtant le sénéchal !

Les deux hommes s'embrassèrent et se séparèrent tristement. Puis Dinas revint près du roi, et le cortège s'ébranla vers la cité de Tintagel.

10. Le serment d'Yseut

Intrigues

Les rues de Tintagel étaient pleines de monde. Il y avait là au moins quatre mille personnes, tristes d'avoir perdu Tristan, joyeuses d'avoir retrouvé leur souveraine. Les façades étaient ornées de tentures de soie ou de laine, le sol jonché de feuillage, et les cloches carillonnaient.

Avant d'entrer à l'église, Yseut descendit de son palefroi. À sa rencontre vinrent des clercs, des moines, des abbés, et l'évêque la prit par la main pour la conduire à l'intérieur. Dinas de Lidan lui offrit une parure magnifique tissée de fils d'or. La reine ne la garda pas pour elle, mais la déposa sur l'autel et l'on en fit, plus tard, une chasuble[1].

Ensuite Yseut se rendit au palais. Grandes réjouissances toute la journée, tous, même les mendiants, purent y trouver à manger autant qu'ils voulaient. Le roi Marc affranchit cent serfs et adouba cent damoiseaux[2].

Yseut avait repris son rang avec éclat, et le roi l'aimait et l'honorait comme aux premiers temps de leur mariage. Tous à la cour s'en réjouissaient – sauf, bien entendu, les trois traîtres. Quant au nain Frocin, depuis que la reine était rentrée en grâce, il s'était enfui au diable, le diable étant son compère.

Pour s'adresser au roi, Andret, Denoalan et Godoïne profitèrent d'une partie de chasse, au cours de laquelle Marc s'était arrêté dans la lande. Assis sur un tronc d'arbre, il écoutait de loin aboyer ses chiens qui suivaient une trace. « Roi, dirent-ils en s'approchant, prêtez-nous attention. La reine ne s'est jamais justifiée de sa conduite, ni avant, ni depuis son retour. On en murmure dans le royaume... Demandez-lui de le faire et, si elle refuse, renvoyez-la en Irlande ! »

1. Manteau que le prêtre revêt pour célébrer la messe.

2. Les serfs – paysans ou domestiques appartenant à un maître – deviennent des hommes libres, et les damoiseaux – jeunes gens d'origine noble – sont armés chevaliers.

Cette fois le roi se mit en colère. « Comment ? Lorsque mon neveu a voulu la défendre par les armes, vous n'avez pas osé l'affronter, vous m'avez forcé à l'exiler ! Cela ne vous suffit-il pas ? Vous voulez encore m'obliger à chasser ma femme ? Eh bien vous serez contents ! Dès demain, je rappelle Tristan. Allez-vous-en ! »

Les trois barons s'éloignèrent, inquiets. « Si Tristan revient, nous sommes perdus, se dirent-ils. Essayons de calmer le roi. » Ils retournèrent près de lui. « Sire, vous êtes en colère contre nous parce que nous prenons soin de votre honneur. Nous agissons ainsi en fidèles vassaux, mais faites ce qu'il vous plaît... Nous resterons silencieux. »

Le roi les renvoya de mauvaise humeur et, sans attendre ses veneurs ni ses chiens, s'en retourna, seul, au château. Il entra, l'épée au côté, l'air furieux, dans la salle où se trouvait la reine. Elle alla à sa rencontre, lui prit son épée et s'assit à ses pieds, ainsi qu'elle avait coutume de le faire. Comme il ne parlait pas, elle regarda son visage, le trouva farouche, pensa qu'il avait découvert la cachette de Tristan chez le bûcheron Orri. « C'en est fait de mon ami », se dit-elle. Le sang reflua dans ses veines, et elle tomba évanouie.

« Qu'avez-vous, ma chère amie ? s'exclama le roi, surpris, en la prenant dans ses bras. Que craignez-vous ? »

La reine revint à elle. « Ah Sire, quand j'ai vu votre visage, j'ai eu si peur. J'ai compris que vous étiez fâché... contre vos veneurs sans doute. Pourquoi vous mettre en colère, ce n'est qu'une partie de chasse ! »

Le roi se mit à rire. « Non, ce sont trois traîtres qui m'ont courroucé... D'ailleurs vous les connaissez. Ils s'acharnent contre mon bonheur. De vous, ils m'ont mal parlé. À cause d'eux, Tristan est parti. Je le ferai revenir, et il me vengera d'eux. »

En entendant ces mots, Yseut fut rassurée, mais elle n'osa dire ce qu'elle pensait. Prudemment, elle demanda : « Roi, quel mal dit-on de moi ? Comme je suis étrangère, je n'ai personne pour me défendre en dehors de vous. Pourquoi ces maudits cherchent-ils à me perdre ?

— Dame, les barons vous reprochent de ne pas vous être disculpée... en ce qui concerne Tristan.

— Je suis prête à le faire. Qu'ils fixent une date, je serai là. Mais comme je n'ai pas confiance dans les seigneurs de Cornouailles, je demanderai au roi Arthur de venir avec ses bons compagnons, Gauvain, Yvain, Girflet, Keu le sénéchal et tous les gens de sa maison. Si je me justifie devant eux, ils témoigneront pour moi et pourront recourir aux armes si l'on me calomnie encore. Je suis sûre que le roi Arthur acceptera dès qu'il recevra mon message. »

Le roi répondit : « Qu'il en soit ainsi ! » La date du jugement – quinze jours plus tard – et le lieu – la Blanche Lande – furent immédiatement fixés et annoncés dans tout le pays, ainsi que la venue d'Arthur et de ses chevaliers.

En secret, Yseut avait envoyé Périnis chez Orri prévenir son ami. Qu'il se déguise en mendiant et prenne soin que personne ne le reconnaisse et qu'il vienne à la Blanche Lande, le jour du jugement.

Pour atteindre la lande, il faut passer par le Gué Aventureux, une sorte de chemin en planches qui permet de franchir à pied le vaste marécage du Mal Pas. Les chevaliers, eux, n'emprunteront pas cette voie, mais traverseront le marais comme ils pourront, se saliront, s'enfonceront, manqueront parfois de se noyer. À l'entrée du gué, une petite butte domine le Mal Pas. Tristan devra se tenir là, bien au sec, et demander naïvement l'aumône aux passants, qu'ils soient valets, seigneurs ou rois.

Tristan assura à Périnis qu'il agirait comme la reine le lui demandait, qu'elle soit sans inquiétude. Le valet d'Yseut partit ensuite pour le pays de Galles, où il savait trouver le roi Arthur. Celui-ci siégeait à la Table ronde avec ses chevaliers et fit au jeune homme un accueil chaleureux.

« Sire, dit Périnis, ma dame, la reine de Cornouailles, vous salue ! Elle s'est réconciliée avec son mari, mais certains traîtres – que Dieu les punisse ! – prétendent exiger d'elle une justification de sa conduite envers Tristan. Tantôt le roi Marc les écoute, tantôt il se fâche en les écoutant : il ne sait pas ce qu'il veut. Yseut a donc proposé de se justifier solennellement. Comme à la cour elle n'a personne de son lignage, elle vous demande, au nom de votre amitié, de venir lui servir de témoin, avec vos cent chevaliers. »

Le roi répondit aussitôt : « Je serai heureux d'apporter mon aide à ma chère amie, la belle Yseut aux Blonds Cheveux. Chevaliers ! Allez vous préparer ! Que vos chevaux soient bien nourris, que vos boucliers étincellent ! Car nous irons jouter[1] devant la belle.

— Quant aux traîtres, je les connais ! s'exclama Gauvain, le neveu d'Arthur. Andret, Denoalan, Godoïne, prenez garde... Si je mets la main sur vous, il ne sera pas nécessaire que Tristan revienne pour vous punir ! »

Pendant que Périnis retournait près de la reine, Tristan se préparait. Il s'enduisit le visage d'une pommade spéciale, et sa peau se couvrit de pustules. Il enfila des habits de laine, des bottes rapiécées et dissimula son épée sous un manteau de bure[2] grossière.

1. Participer à un tournoi improvisé.
2. Étoffe de laine brune ordinaire.

Avec sa sébile[1] et sa béquille, il avait l'air d'un pauvre lépreux. Au jour fixé, tôt le matin, il quitta précautionneusement sa cachette.

« Monseigneur ! Pas de bêtises ! lui lança Governal. Surtout ne vous trahissez pas, lorsque vous verrez la reine !

— Maître, ne craignez rien ! Et n'oubliez pas de m'attendre dans le bois avec mon cheval ! »

Le Mal Pas

Tristan s'installe donc sur la butte. Comme il joue bien son rôle ! Pendant que, sur la Blanche Lande, serviteurs et écuyers déchargent les bagages et montent les tentes, pendant que la foule afflue de toutes parts, le faux mendiant se démène, en contrefaisant sa voix. Tantôt il se plaint, tête baissée, tantôt il marmonne une prière, tantôt il vocifère, tenant sa sébile en l'air. Certains lui lancent une piécette, d'autres se moquent de lui, l'insultent, lui donnent des coups. Tout en gémissant haut et fort, il se venge grâce à sa béquille, et plus d'un s'éloigne en boitant ou en se frottant le cou.

Arrivent bientôt les chevaliers de la Table ronde. Ils se lancent au galop dans le marais, s'embourbent

1. Petite coupe en bois qui sert à recueillir les aumônes.

et pataugent. La boue salit leurs beaux habits. Encore heureux qu'ils aient des bottes ! Tristan leur crie des encouragements : « Que Dieu vous tire du Mal Pas ! Pensez à moi, aidez-moi à renouveler ma garde-robe ! » Enfin ils parviennent de l'autre côté du marécage, et dès qu'ils abordent la Blanche Lande, ils se mettent à jouter.

Se présente alors le roi Arthur, entouré de ses damoiseaux. Tristan l'interpelle : « Roi ! Cher roi ! J'ai entendu dire tant de bien de toi... Quels beaux vêtements tu as, des chausses à carreaux verts et des guêtres... Ne peux-tu m'en faire cadeau, à moi qui ai toujours froid ? »

Le roi Arthur a pitié du pauvre homme. Deux de ses damoiseaux le déchaussent, et il tend les guêtres au lépreux.

Un peu plus tard vient le tour du roi Marc, qui chevauche, plein d'importance, à proximité du mendiant. « Roi Marc ! Roi Marc ! appelle Tristan. Pour l'amour de Dieu, donne-moi quelque chose... »

Le roi s'arrête, porte la main à sa tête, lui lance son bonnet de fourrure.

« Dis-moi, lépreux, où es-tu né ?

— Mon père était écossais.

— Et d'où te vient ton mal ?

— De mon amie, hélas ! Depuis trois ans que je vis avec elle, elle me l'a communiqué... Elle est malade, mais si belle ! Je connais une seule femme qui le soit plus qu'elle.

— Et qui donc ?

— La belle Yseut ! »

Le roi s'esclaffe et s'en va rejoindre le roi Arthur. Celui-ci lui demande des nouvelles de la reine. « Elle arrive par la forêt, avec Dinas, qui l'accompagne. Je me demande comment, sur son palefroi, elle pourra franchir ce Mal Pas. » Les deux rois l'attendent avec leur suite.

À ce moment surviennent Andret, Denoalan et Godoïne. Ils regardent avec inquiétude le marécage : tant de gens y ont chevauché qu'il en semble tout ramolli. Ils avisent le lépreux sur sa butte. « Hé ! Brave homme ! Toi qui de là-haut as une vue d'ensemble sur le Mal Pas, par où faut-il passer ? Quel est le chemin le plus sûr ?

— Par là, messeigneurs, j'en ai vu aller quelques-uns qui se tiraient très bien d'affaire », déclare Tristan en leur indiquant l'endroit le plus mou.

Ah qu'il fait bon voir nos trois traîtres s'élancer, pleins de confiance, s'enfoncer et barboter, tous les trois en même temps ! Ils s'affolent, car ils ne peuvent toucher ni le bord ni le fond. Les seigneurs, qui joutaient sur l'autre rive, s'arrêtent, s'avancent vers eux, et Tristan leur prodigue des conseils : « Ôtez vos manteaux ! Remuez les bras ! Avancez donc ! Pourtant, ceux qui passaient par là s'en tiraient bien mieux que vous... Maudite boue qui est si molle ! »

C'est certain, ils auront besoin d'un bon bain quand ils sortiront de là !

Sur ces entrefaites, Yseut apparaît à la lisière de la forêt. D'un seul coup d'œil, elle voit les traîtres vautrés dans le marais, son ami sur la butte et tous les chevaliers qui regardent. Elle sourit, et Dinas, qui la suit, sourit aussi. Il l'aide à descendre de son palefroi. Elle replie soigneusement les courroies sous la selle, enlève le frein du cheval et lui donne un léger coup de fouet pour qu'il traverse le marécage. En la voyant agir ainsi, les deux rois louent son savoir-faire.

Elle relève les pans de son manteau et s'avance vers le Gué Aventureux, que le passage incessant des piétons a rendu glissant et boueux. Elle s'adresse au lépreux.

« Viens ici, lépreux ! J'ai besoin de toi. J'ai peur de salir mes vêtements si je marche sur ces planches. Malgré ton mal, tu sembles assez fort. Tu me serviras de monture. Porte-moi et fais attention à ne pas trébucher ! »

Sous les yeux de tous, Tristan la prend dans ses bras ; il avance en chancelant. « Laisse-toi tomber sur moi », lui souffle-t-elle à l'oreille et, dès qu'il atteint la rive, il s'effondre si maladroitement qu'il entraîne la reine dans sa chute et tombe sur elle de tout son poids.

Les seigneurs se précipitent, prêts à rosser le lépreux. « Laissez-le, dit Yseut en se relevant. Ce pauvre homme est moins fort que je ne le croyais... Il ne l'a pas fait exprès. » Et tous vantent la bonté de la reine à l'égard du miséreux. Certains en plaisantent même.

Suivie par les seigneurs et par la foule, Yseut se dirige vers les tentes des deux rois. Là, après avoir entendu la messe, elle se dépouille de ses riches vêtements, de ses bijoux, de sa bourse pleine de pièces d'or et d'argent. Elle donne tout aux pauvres. La voilà pieds nus, bras nus, dans une simple robe de laine, le visage grave. En la voyant ainsi, tous ont les larmes aux yeux.

On a étendu entre les deux tentes un tapis de soie et disposé dessus toutes les reliques que l'on a pu trouver dans les églises et les couvents de Cornouailles. Autour du tapis se sont rangés en cercle les chevaliers de la Table ronde et, derrière eux, les seigneurs cornouaillais. D'un côté des reliques se tiennent Arthur et son neveu Gauvain, de l'autre, le roi Marc.

Yseut s'avance, tend la main droite au-dessus des reliques et dit d'une voix claire : « Seigneurs, par la grâce de Dieu, je jure qu'aucun homme ne m'a jamais prise entre ses bras, sauf le roi Marc, mon époux, et le pauvre lépreux qui m'a fait traverser le gué, aux yeux de tous. Je n'ai jamais commis de faute avec un autre, j'en prends à témoin Dieu et tous les saints. »

Tous admirent le courage et la fermeté de la reine.

« Rois, ce serment vous convient-il ou faut-il que j'ajoute quelque chose ?

— Noble reine, cela suffit », répond le roi Marc, ému, et le roi Arthur l'approuve et déclare : « Belle Yseut, vous avez agi selon la justice. Vous êtes pleinement disculpée. Malheur à qui mettra votre parole en doute ! »

Gauvain s'adresse alors au roi Marc : « Si jamais je reçois d'Yseut un appel, rien ne me retiendra pour soutenir son droit. Dites à vos traîtres de se méfier ! »

Yseut remercie le roi Arthur et ses chevaliers avec émotion. Puis chacun s'en va de son côté.

Denoalan et Godoïne

Tristan retrouva son cheval et Governal sous le couvert des arbres et s'en alla, songeur. Pendant quelques instants, au Gué Aventureux, il avait tenu contre lui le corps de sa bien-aimée. Il en était encore enfiévré. Sans doute allait-il devoir quitter le royaume à présent qu'Yseut était hors de danger et que Marc la traitait en épouse aimée... Il ne pouvait s'y résigner. Il retourna se cacher chez le bûcheron Orri. Chaque fois que le roi s'absentait, il allait rejoindre sa belle.

Un jour qu'il sortait de sa cachette, un serf l'aperçut, le suivit sans se faire remarquer, et fort de ce qu'il avait découvert, contre un marc d'argent[1], le dévoila aux traîtres. Ils décidèrent que Godoïne irait épier les amants. Il se rendrait, de bon matin, sous la fenêtre de la chambre royale. Cette fenêtre donnait sur le jardin ; elle était mal fermée par un rideau. Il suffirait d'écarter celui-ci du bout d'un bâton pointu pour voir ce qui se passait dans la chambre. Comme le roi était parti pour plusieurs jours, Tristan viendrait certainement.

Ce matin-là, très tôt, alors que les étoiles pâlissaient dans le ciel, Tristan s'en allait gaiement dans le petit bois qui entourait le château. Il portait son épée au côté et son arc à l'épaule ; il avait abaissé sur sa tête le capuchon de son manteau.

Soudain il entendit derrière lui le pas d'un cheval et vit au loin Denoalan lancé, avec ses lévriers, à la poursuite d'un sanglier. Vite, il se cacha derrière un fourré, rejeta son manteau en arrière et attendit,

1. Le marc d'argent est une mesure de poids, d'environ 250 grammes, donc une assez belle somme.

l'épée levée. Quand le cavalier passa devant lui, il bondit et lui coupa la tête, avant que l'autre ait eu le temps de réaliser ce qu'il lui arrivait. Puis Tristan lui trancha les tresses et les fourra dans son haut-de-chausses, reprit son manteau, le capuchon sur la tête, et se dirigea vers le château, ayant hâte d'avertir la reine.

Godoïne s'y trouvait déjà ; s'étant faufilé dans le jardin et hissé jusqu'à la fenêtre, il soulevait le rideau du bout de son bâton pointu et regardait à son aise ce qui se passait dans la chambre.

D'abord il vit Yseut assise, et Périnis qui passait, puis Brangien, avec un peigne : elle venait coiffer la reine. Un peu plus tard, Tristan entra, tenant deux tresses à la main. Aussitôt Yseut se dressa et, s'approchant de son ami, leva les yeux vers la fenêtre. Elle aperçut l'ombre d'une tête ; elle reconnut Godoïne. Son cœur bondit de colère.

« Voici les tresses dont Denoalan était si fier, lui expliquait Tristan. Ma dame, je vous ai vengée de lui !

— Seigneur, je vous remercie ! J'aimerais bien savoir comment vous vous servez de votre arc. Bandez-le pour moi, je vous prie. »

Tristan, étonné, obéit et tendit son arc. Il comprenait vaguement qu'un danger les menaçait.

« Engagez une flèche dans la corde, reprit Yseut à voix basse. Je vois quelque chose qui me déplaît. »

Alors il regarda vers la fenêtre : à travers le rideau, la tête de Godoïne se détachait à contre-jour. Tristan frémit. « Grand Dieu, soutenez-moi ! supplia-t-il. Faites que ma main ne tremble pas et que je ne manque pas mon coup ! »

Il visa soigneusement et tira. La flèche partit comme l'éclair, entra dans l'œil de l'ennemi et lui transperça la cervelle. Godoïne tomba dans l'herbe, et c'en fut fini de lui.

Une fois encore, Tristan et Yseut avaient échappé au danger... Pour combien de temps ? Ils comprirent que leur liaison était découverte, ainsi que la cachette de Tristan. Des trois traîtres, deux étaient morts, mais il restait Andret. Que ferait Marc si celui-ci apprenait ce qui s'était passé ?

En pleurant, ils se séparèrent. Et Tristan quitta le royaume et prit la mer.

11. Yseut aux Blanches Mains

Errances

Tristan avait quitté la Cornouailles, en compagnie du seul Governal, n'emportant qu'un mince bagage et, avec son épée, sa harpe.

Il alla d'abord en Écosse, dans sa terre de Loenois. Roald le Fidèle et sa femme étaient morts. Tristan pleura en l'apprenant et se recueillit sur leurs tombes. Les deux fils de Roald lui firent fête ; ils voulaient lui rendre son ancien fief. Tristan refusa, mais promit de faire appel à eux s'il avait besoin d'ardents chevaliers pour se battre à ses côtés.

Puis il se rendit en Bretagne, à la cour du roi Arthur, où il accomplit de nombreux exploits, en compagnie de Gauvain. Pourtant, au bout de quelques mois, il quitta les chevaliers de la Table ronde, malgré leurs prières pour qu'il demeurât.

Il passa au pays de Galles, fut reçu par le duc Gilan. Son voisin, Urgan le Velu, un être énorme, couvert de poils, armé d'une massue d'acier, lui imposait un lourd tribut. Tristan combattit le géant et faillit y perdre la vie, atteint par un coup de massue, son cheval tué sous lui. Il riposta ; de sa lance creva les deux yeux d'Urgan, de son épée lui trancha la main et, pour finir, le bascula au-dessus d'un précipice. En récompense, il demanda au duc Gilan de lui donner son chien Petitcru.

Petitcru était une jolie bête, au pelage de soie de toutes les couleurs de l'arc-en-ciel. À son cou était attaché un grelot qui tintait délicieusement. En l'écoutant, on oubliait ses malheurs, on se sentait bien. C'était pour l'obtenir et l'envoyer à Yseut que Tristan avait tué le géant. Il le fit parvenir de sa part à la reine. Mais quand elle se rendit compte du pouvoir du grelot magique, elle l'arracha du cou de la bête et le lança au loin : elle ne voulait pas être heureuse alors que son bien-aimé était dans la peine.

Tristan partit ensuite pour l'Allemagne, où il servit l'Empereur un certain temps. Puis il alla en Espagne. Il y rencontra le neveu de l'Orgueilleux, un géant venu d'Afrique, qui collectionnait les barbes de ses ennemis vaincus pour en fourrer sa pelisse. Tristan en débarrassa la contrée. Le prince et le peuple l'acclamèrent et, pour l'empêcher de partir, voulurent le couvrir de richesses. Tristan n'accepta rien et reprit son chemin.

Quel que fût le pays où il se trouvait, malgré l'accueil chaleureux qu'on lui réservait, jamais il ne restait longtemps. Toujours il pensait à Yseut. Quand une tristesse trop vive l'accablait, il prenait sa harpe et, en l'honneur de sa dame, composait de beaux lais, dont le refrain était toujours le même :

Yseut aimée, Yseut amie,
En vous ma mort, en vous ma vie.

Le mariage de Tristan

Un beau jour, Tristan arriva avec Governal en Petite-Bretagne[1], sur la terre du duc Jovelin. Champs dévastés, villages brûlés, forteresses démantelées, et pas un être vivant dans ce vaste paysage, ni homme ni bête. Cependant, après avoir chevauché longtemps, Tristan et Governal rencontrèrent un ermite ; il les mit au courant de la situation dans laquelle était le pays. Le duc Jovelin avait une fille très belle

1. On appelait Petite-Bretagne la Bretagne française.

que convoitait le comte Riol de Nantes. Le duc avait refusé à celui-ci la main de sa fille. Après avoir vainement essayé de l'enlever, Riol s'était révolté contre son suzerain, entraînant dans sa rébellion les autres vassaux. À présent le duc Jovelin était retranché, avec son fils, sa fille et ses serviteurs fidèles, dans la ville de Carhaix. À cause des troupes considérables qui les encerclaient, on disait que les assiégés ne se risquaient guère hors des murs de la ville et que la famine les menaçait.

Aussitôt Tristan et Governal galopèrent jusqu'à Carhaix, en évitant les tentes bien alignées où campaient Riol et ses hommes. Ils arrivèrent devant la porte de la ville.

« Holà ! Quelqu'un ! cria Tristan. Ouvrez-nous ! »

Un archer se montra au-dessus de la muraille.

« Où est le duc Jovelin ?

— Me voici, répondit le duc, apparaissant entre les créneaux, et voici mon fils Kaherdin. Qui nous appelle ?

— Je suis Tristan de Loenois, avec mon écuyer Governal. Laissez-nous entrer. Nous connaissons votre histoire et voudrions vous aider. »

Le duc hésitait ; il craignait d'imposer les souffrances du siège à Tristan.

« J'en ai vu d'autres ! dit celui-ci. J'ai vécu trois ans dans la forêt du Morois, sans pain ni sel, n'ayant pour toute nourriture que des plantes et du gibier.

— Laissez-le entrer, puisqu'il le désire tant, suggéra Kaherdin à son père. »

Tristan en fut reconnaissant à Kaherdin, lequel était heureux de trouver en lui un bon compagnon. Ils se jurèrent aussitôt une amitié fidèle.

« Et maintenant, allons dans la chambre des dames, dit Kaherdin à Tristan. Vous ferez connaissance de la plus belle fille de Petite-Bretagne, ma sœur Yseut. »

Tristan tressaillit. « Quel nom avez-vous dit ?

— Yseut aux Blanches Mains, c'est le nom de ma sœur.

— Ah ! » fit Tristan. Mais il n'ajouta mot et, quand il vit la jeune fille, il la regarda avec amitié, à cause de son nom.

Le jour suivant, Kaherdin et lui organisèrent une sortie, prirent par surprise un détachement de leurs ennemis et rapportèrent des vivres à l'intérieur de Carhaix.

À partir de ce moment, par des escarmouches continuelles, ils harcelèrent les troupes de Riol, si bien que le comte jura que, le jour où il prendrait la ville, il passerait tous ses habitants au fil de l'épée.

Cependant, en secret, Tristan avait fait prévenir les fils de Roald qu'il avait besoin de leur aide. Ils traversèrent la mer avec leurs chevaliers et arrivèrent sans encombre sur la côte. Tristan vint les chercher et, par des chemins détournés, toute la nuit, les escorta jusqu'à la ville.

Ensuite, ayant préparé son plan de bataille, il disposa ses troupes de la sorte : cent chevaliers dans une forteresse encore debout, à l'avant, non loin des tentes de Riol. Cent chevaliers, plus près de la ville, cachés dans un repli de terrain. Enfin, dans Carhaix même, le duc Jovelin avec tous les hommes qui lui restaient, la plupart étant des bourgeois armés de massues, d'épieux ou de hallebardes[1], quelques-uns avec des arcs. Tous avaient l'ordre de se dissimuler et de ne pas bouger tant que Tristan ne le leur demandait pas.

Il partit avec Kaherdin et les quelques chevaliers qui restaient. Ils s'élancèrent hardiment sur le campement de Riol. Les gens du comte ne s'y attendaient pas, prêts pour la fête plus que pour la guerre. Tristan et ses chevaliers profitèrent de leur surprise pour en abattre plus d'un. Mais leurs adversaires se ressaisirent, et Tristan dut reculer jusqu'à la forteresse où les cent chevaliers cachés les attendaient. Ils se dressèrent tous à la fois, et un combat terrible s'engagea. Les gens de Riol étant plus

1. Les épieux sont de gros bâtons terminés par une pointe de fer ; et les hallebardes, des armes à long manche de bois auquel sont fixés des fers tranchants, en forme de pointe et de croissant.

nombreux, Tristan fut à nouveau forcé de battre en retraite, près du pli de terrain où se tenaient les cent autres chevaliers.

Ils surgirent comme des diables, et le combat continua, avec plus de violence encore. Beaucoup de morts, beaucoup de sang. Des chevaux galopaient sans cavalier, des cavaliers sans cheval combattaient à pied. Pourtant les troupes du comte Riol, malgré leurs pertes, dominaient encore par leur nombre, jusque sous les murs de Carhaix.

Alors, sur un signal de Tristan, apparut le duc Jovelin, brandissant son étendard et suivi par ses hommes. Cette fois, c'en était trop pour les assiégeants ! Croyant avoir affaire à une troupe importante, ils tournèrent bride à toute allure : ce fut une belle débandade.

Ainsi, grâce au génie de Tristan, le duc de Petite-Bretagne avait reconquis sa terre. Les fils de Roald le Fidèle et leurs chevaliers furent largement récompensés, avant de regagner leur pays. Le comte Riol de Nantes, fait prisonnier, jura qu'il ne se révolterait plus jamais contre son seigneur. Lui et les autres vassaux furent remis en liberté.

Quant à Tristan, il resta en Petite-Bretagne. On le couvrit d'honneurs. Tous chantaient ses louanges. Et tout particulièrement Yseut aux Blanches Mains, la fille du duc Jovelin.

Tristan se plaisait en sa compagnie. Pour elle, il jouait de la harpe et chantait des lais mélancoliques, dont invariablement le refrain était :

Yseut aimée, Yseut amie,
En vous ma mort, en vous ma vie.

La jeune fille croyait que ces mots s'adressaient à elle et attribuait la tristesse du beau musicien à sa timidité : sans doute n'osait-il pas la demander en mariage au duc Jovelin. Elle, elle l'aimait de tout son cœur.

Pour Tristan, prononcer le doux nom d'Yseut était à la fois joie et peine. Non, il n'oubliait pas sa dame, la reine. Mais comme la Cornouailles lui paraissait lointaine ! Pourquoi ne recevait-il jamais d'elle aucune nouvelle ? Comblée d'honneurs et de biens, dans les bras du roi Marc l'avait-elle oublié ? Tandis que lui se morfondait, en exil et toujours seul...

Aussi, lorsque Kaherdin proposa à Tristan d'épouser sa sœur, celui-ci ne refusa pas.

Arriva le soir des noces. Dans la chambre nuptiale où la jeune épousée reposait, un valet déshabillait le marié. En lui retirant sa tunique, dont les poignets étaient serrés, il fit tomber la bague que Tristan portait au doigt. Elle tinta sur le sol : c'était l'anneau de jaspe vert que la reine lui avait donné.

Alors Tristan sut que, pour la vraie Yseut, son amour était plus fort que jamais. Pourquoi s'était-il marié ? Il ne pouvait aimer cette autre Yseut, la bonne et simple fille qui l'attendait.

Comme elle s'étonnait qu'il ne l'embrassât pas, elle demanda timidement : « Mon seigneur, ai-je fait quelque chose qui vous déplaise ?

— Non, non, rassurez-vous, ma dame... Mais j'ai fait une promesse à la Vierge, il y a longtemps... En Irlande, un dragon m'avait brûlé jusqu'aux os. J'ai promis à la Mère de Dieu, si elle me sauvait, de ne pas toucher à ma femme pendant un an lorsque je me marierais. Surtout, ne m'en veuillez pas ! »

Yseut aux Blanches Mains accepta cette explication et n'en parla à personne. Or un matin qu'elle chevauchait à côté de son frère, son cheval fit un écart dans un ruisseau. L'eau jaillit et mouilla ses jambes. Elle se mit à rire.

« Pourquoi riez-vous, ma sœur ? lui demanda Kaherdin. Vous moqueriez-vous de moi ?

— Non pas, mon frère... Mais je pensais que cette eau était bien hardie... Plus que ne l'a jamais été pour moi une main d'homme !

— Que voulez-vous dire ?... Je me fâcherai si vous ne m'expliquez pas ! »

Ce fut ainsi que Kaherdin apprit la vérité sur le mariage d'Yseut. Il considéra le dédain de Tristan pour sa sœur comme un affront envers toute sa famille. Furieux, indigné, il alla trouver Tristan pour lui demander raison de son étrange conduite.

« Hélas ! dit Tristan, ce n'est que trop vrai et croyez-moi, je le regrette pour votre sœur, qui est sage et bonne. Mais écoutez-moi d'abord, vous me jugerez ensuite. »

Il lui conta son histoire : comment, une fois le philtre bu, malgré les dures épreuves rencontrées, lui et la reine de Cornouailles s'aimaient d'un merveilleux amour. « Oui, je sais, votre sœur est belle et elle m'aime aussi. Mais Yseut la Blonde est plus belle encore, il n'y a pas au monde femme pareille, et cette femme me chérit. Elle traite mieux son petit chien que votre sœur ne me traite, simplement parce que c'est moi qui le lui ai donné. Mon désir le plus cher serait de retourner en Cornouailles, ne serait-ce que pour l'apercevoir de loin...

— Eh bien, allons-y ensemble, répliqua Kaherdin. Si elle est aussi belle et aimante que vous le dites, je vous croirai et ne vous chercherai plus querelle. Mais si vous m'avez trompé, malgré l'amitié que je vous porte, vous mourrez. »

Ils convinrent de ne révéler à personne le secret de Tristan et se préparèrent en cachette. Tristan emmenait Governal, et Kaherdin son écuyer. Ils s'étaient déguisés en pèlerins, car ils risquaient leur vie si on les découvrait à la cour du roi Marc.

Retour en Cornouailles

Au palais du roi Marc, Yseut n'était pas heureuse, malgré l'empressement de son royal époux, malgré tous les plaisirs et les honneurs que la cour lui offrait. Continuellement elle pensait à Tristan, dont elle était sans nouvelles. L'écho de ses exploits parvenait jusqu'en Cornouailles, mais les seigneurs qui entouraient la reine, toujours jaloux de Tristan, prenaient soin de les lui cacher. Ils lui apprirent cependant son mariage avec Yseut aux Blanches Mains, la plongeant dans la détresse.

Le roi Marc, lui aussi, souffrait. S'il possédait à sa volonté le corps de sa dame, le cœur d'Yseut appartenait à Tristan, et le roi le savait. Et son neveu lui manquait : aucun de ses chevaliers ne le valait pour l'adresse, l'esprit, la vaillance ; et c'était son seul parent, le fils de sa sœur... Pourtant si Tristan était revenu, Marc l'aurait sans doute fait mettre à mort.

Un soir qu'Yseut jouait aux échecs dans la grand-salle, Dinas de Lidan entra, s'approcha d'elle et, comme s'il s'intéressait au jeu, s'arrangea pour lui montrer la bague à son doigt. Elle reconnut son anneau de jaspe vert et, prétextant un grand mal de tête, se retira dans sa chambre, où elle fit venir Dinas.

« Vous avez des nouvelles de Tristan ?

— Je pense bien ! Il est chez moi, à Lidan, avec Kaherdin, son beau-frère, et leurs deux écuyers.

— Son beau-frère ! C'est donc vrai qu'il est marié ?... Il ne songe plus à moi.

— Ah ! dame, il n'aime que vous, et la jeune fille qu'il a épousée, il ne l'a jamais touchée. Le duc de Petite-Bretagne et Kaherdin considèrent ce comportement comme un affront et se vengeront de lui, à moins que vous n'interveniez... »

Dinas confia à la reine tout ce qu'il savait de Tristan. Elle accepta de l'aider. Justement, le lendemain, le roi avait prévu de se rendre à la Blanche Lande pour y chasser, avec toute sa suite. Yseut devait l'accompagner.

Tôt, le lendemain matin, Tristan et Kaherdin sortirent de Lidan pour se diriger vers la Blanche Lande. À mi-chemin, ils laissèrent leurs chevaux à la garde de leurs écuyers et continuèrent à pied. Ils avaient conservé leur bâton et leur habit de pèlerin. La campagne était fraîche et fleurie, c'était l'aube d'un beau jour d'été.

Ils se cachèrent dans un épais buisson d'épines, au bord du chemin. Bientôt ils entendirent une rumeur, des piétinements, une cavalcade, des exclamations, des aboiements. Ils virent passer d'abord les cuisiniers avec leurs victuailles, les bouteillers, les panetiers, ceux qui transportaient la garde-robe[1], les chapelains, les valets de chiens, les maîtres de la meute avec leurs bêtes, les chevaliers ayant chacun un oiseau de proie sur le poing, enfin, au milieu de ses damoiseaux, le roi.

Kaherdin était impressionné par l'importance du cortège. Ne s'arrêterait-il jamais ? Quand pourrait-on voir la reine ?

Il était plus de midi lorsque commença à défiler la suite de dame Yseut.

Après les serviteurs chargés de la cuisine et de la garde-robe, apparurent les premières femmes : lavandières, chambrières, toutes celles qui accomplissaient les tâches domestiques. Elles étaient si gracieuses et si bien habillées que Kaherdin se méprit et demanda laquelle d'entre elles était la reine. Tristan se moqua de lui : « Ce ne sont que des servantes ! »

À présent, des demoiselles aux vêtements somptueux s'avançaient en chantant de gais refrains. De beaux cavaliers les accompagnaient. Ils allaient deux par deux, sans se presser ; quand ils ne chantaient pas, ils conversaient.

« Je suis sûr que la reine est là, parmi ces dames, chuchota Kaherdin. Laquelle est-ce ?

— Pas encore, répondit Tristan à l'impatient Breton. Celles-ci sont filles des barons de Cornouailles.

1. L'ensemble des vêtements (ici, du roi et de sa suite).

— Ah cette fois-ci, c'est elle ! s'exclama Kaherdin, en montrant une jeune femme qui faisait caracoler son cheval, sa fière silhouette se détachant sur le fond sombre des arbres.

— Mais non ! C'est Camille, sa suivante.

— Celle-ci alors. Elle est encore plus belle.

— C'est son amie, la noble et courtoise Brangien. »

Derrière elle venait un palefroi qui portait une niche dorée.

« C'est Petitcru, le chien de la reine, murmura Tristan. Et la voici, elle, la belle dame aux Cheveux d'Or. »

Le chemin sembla s'éclairer, les feuillages s'illuminèrent, comme sous les rayons du soleil. Yseut parut.

« Quelle beauté ! fit Kaherdin d'une voix étouffée. J'en conviens, ma pauvre sœur ne la vaut pas. Vous êtes un homme heureux d'être aimé d'une femme pareille ! Je le serais, moi, si sa suivante daignait me regarder ! »

Yseut descendit de cheval. « Dieu ! s'exclama-t-elle en se tournant vers le cavalier qui se trouvait près d'elle. Je crois bien que j'ai oublié au château mon écrin... Il contenait le dernier collier que m'a offert le roi... Messire Andret, pourriez-vous aller me le chercher ? »

Andret n'osa pas refuser et s'en retourna sur ses pas. La reine alors prit le petit chien dans la niche, s'assit dans l'herbe, le posa sur ses genoux et le cajola longuement. Elle lui parlait : « Quel dommage que je n'aie pu emmener Husdent ! Le malheureux chien ! il est devenu si sauvage qu'il est incapable de suivre un cortège. Heureusement que je t'ai, toi, mon cher Petitcru ! » Elle l'embrassa en disant : « J'aimerais tant, de la même façon, embrasser ton maître ! » Puis elle le remit dans sa niche.

« Comme elle aime ce petit chien ! C'est vrai qu'elle le traite mieux que ne vous a jamais traité ma sœur, déclara Kaherdin à Tristan. Bel ami, vous ne m'avez pas menti, et je vous rends mon amitié. Je vous servirai désormais, quoi qu'il m'en coûte ! »

Le soir venait, les oiseaux chantaient à tue-tête ; la reine s'adressa à eux. « Jolis oiseaux si mélodieux, suivez-moi jusqu'à ma tente. Je la ferai dresser au bord de la rivière, que je ne franchirai pas. Chers oiseaux, accompagnez-moi et vous chanterez pour moi. »

Dans son fourré d'épines, Tristan comprit le message.

Comme Andret revenait avec l'écrin oublié et regardait Yseut d'un air soupçonneux, celle-ci se dirigea vers lui à pas chancelants et lui dit, d'une voix mourante : « Je ne sais ce qu'il m'arrive... Peut-être l'air est-il trop frais. Je suis souffrante. Ce genre de mal nous prend souvent, nous autres pauvres femmes ! Je n'irai pas beaucoup plus loin. Pouvez-vous prévenir le roi que je ne le rejoindrai pas ce soir, car il est parti sans m'attendre ? Il est déjà sûrement sur la lande, de l'autre côté de la rivière. »

Bon gré mal gré, Andret obéit et, dès que la nuit fut tombée, Tristan et Kaherdin se glissèrent sous la tente de la reine.

Imaginez quelle joie pour les amants d'être enfin réunis ! Ils s'enlacent ; ils ne parviennent pas à se déprendre. Enfin ils se retirent, laissant Kaherdin jouer avec les suivantes.

Le Breton n'avait jamais vu tant de femmes éblouissantes. Il ne savait sur laquelle poser les yeux, il les aimait toutes ! Tantôt plaisantait avec Camille, tantôt avec Brangien causait sérieusement et, comme il devenait pressant, Camille posa sous sa tête un oreiller enchanté. Kaherdin s'endormit instantanément et ne se réveilla qu'à l'aube. Le jour naissait, et Tristan le secouait. « Debout ! Il nous faut partir ! »

Kaherdin, d'abord ahuri, se leva d'un bond. Les jolies dames qu'il avait courtisées avaient toutes disparu.

« Où sont-elles ? marmonna-t-il.

— La reine a promis que nous nous reverrions ce soir. Venez vite. Allons chercher nos chevaux et nos écuyers. »

Ils cherchèrent longtemps sans résultat et durent rentrer à pied à Lidan.

Voici ce qui s'était passé.

Andret, avec quelques seigneurs de Cornouailles, toujours à l'affût de ce qui pouvait nuire à la reine, avaient cru reconnaître Tristan et l'un de ses amis en ces cavaliers étrangers. Ils les interpellèrent et, comme ni Governal ni l'écuyer de Kaherdin ne répondaient, ils commencèrent à les provoquer. « Eh bien, messires, vous n'osez pas vous mesurer à nous ?... Retourne-toi, Tristan, toi que l'on dit si vaillant ! Serait-ce un mensonge ? »

Les deux écuyers ne savaient que faire. Leur vie et celle de leurs maîtres seraient en danger si l'on découvrait leur identité. En outre, les Cornouaillais étaient nombreux. Ils prirent sagement le parti de tourner bride et s'enfuirent à toute allure, sous les insultes et les rires. « Tristan, reviens... Bats-toi en l'honneur de ta dame, la belle Yseut ! Tu ne veux pas ? Honte sur toi ! »

Naturellement Andret et ses compagnons se hâtèrent de rapporter l'incident à la reine, trop heureux de médire de Tristan.

Dame Yseut, dame Yseut, comment avez-vous pu les croire ? Imaginer que votre ami avait agi en lâche, refusé le combat en l'honneur de votre nom ?

La fière Yseut, se sentant outragée, crut pourtant les méchants barons. Elle envoya Périnis à Lidan, pour y joindre Tristan et lui dire de s'en aller : elle ne voulait plus le voir.

Tristan protesta de son innocence. « Au seul nom de ma dame, j'aurais combattu une armée entière !... Répète-lui mes paroles », demanda-t-il à Périnis.

C'est ce que fit le jeune homme, mais Yseut ne l'écouta pas et le renvoya sèchement.

Governal ne décolérait pas contre les Cornouaillais. Kaherdin, comprenant enfin que les jolies dames s'étaient moquées de lui, ne pensait plus qu'à retrouver sa Petite-Bretagne.

Tristan était au désespoir. Il fit encore une tentative pour s'approcher d'Yseut et la convaincre de sa loyauté envers elle.

Il se fixa hâtivement une bosse dans le dos, s'habilla de guenilles, se barbouilla le visage et s'en alla mendier devant l'église de Tintagel, à la sortie de la messe.

Heureusement pour lui, personne ne prêta attention à ce misérable bossu, sauf Yseut, qui le reconnut. Il s'était agenouillé devant elle et s'agrippait à un pan de son manteau, en agitant la main où brillait l'anneau de jaspe vert. « Belle dame, ayez pitié... Laissez-moi vous conter mon histoire. »

La reine se dégagea avec brusquerie, appela ses valets. « Jetez cet homme hors de la ville ! Il m'importune... Que je ne le voie plus ! »

Les valets se saisirent de lui et l'entraînèrent, en le rouant de coups. La belle Yseut se mit à rire.

Ce rire résonnait encore dans le cœur de Tristan lorsqu'il monta sur le bateau, pour retraverser la mer.

12. La folie de Tristan

Tristan avait le cœur malade. Mais il ne le montrait pas. En compagnie de Kaherdin, il participait aux activités auxquelles se livre un chevalier bien né : la chasse, les fêtes, les tournois et, de temps en temps, la guerre, quand l'insolence d'un seigneur voisin l'exigeait. Envers Yseut aux Blanches Mains, son épouse, il se conduisait avec courtoisie, sans jamais s'approcher d'elle. Elle n'avait que faire de sa courtoisie. Elle aurait préféré être rudoyée et aimée.

L'autre Yseut occupait seule toutes les pensées de Tristan. Il avait perdu son amour, il avait perdu sa joie. Il n'avait plus envie de vivre. De l'autre côté de la mer, Yseut la Blonde était dans le même état. Elle s'en voulait terriblement d'avoir jeté dehors son ami et d'avoir laissé ses valets le battre. Malgré la vie luxueuse qu'elle menait, son visage était toujours triste. Et de la voir ainsi, à son tour, le roi Marc s'attristait.

Amour ! Amour ! À ces quatre-là, qui étaient nés pour le bonheur, que de souffrances tu as causées !

Un jour, Tristan n'y tint plus. Sans avertir personne, pas même son cher Governal, il se glissa hors de son château de Carhaix et, par les bois et par la lande, chemina jusqu'à la côte. Là, il trouva un navire marchand en partance pour la Cornouailles. Les marins acceptèrent de le prendre à bord : ses pitreries leur feraient paraître la traversée moins longue.

En effet Tristan s'était transformé en fou. Il avait employé les grands moyens : adieu les boucles sur la tête, adieu les traits fins, le noble maintien. Il s'était tondu le crâne, enduit le visage du suc d'une plante qui l'avait rendu enflé et noirci. Le corps contrefait, dissimulé sous un grossier manteau à capuchon, il était méconnaissable. Il avait enfoui l'anneau de jaspe vert dans son haut-de-chausses et brandissait une massue qu'il s'était fabriquée avec une branche épineuse.

Il l'agitait dans tous les sens et déclamait d'une voix suraiguë :

Emmenez-moi à Tintagel !
Je suis l'amant de la plus belle :
Je ferai son mari cornu,
Moi qui suis sage et chevelu !

Les matelots riaient et feignaient d'avoir peur de lui quand il les menaçait de sa massue. Dès qu'ils débarquèrent en Cornouailles avec leurs marchandises, ils conduisirent le fou à la porte du château. Il distrairait les souverains et eux-mêmes pourraient en tirer une bonne récompense.

« D'où viens-tu, fou ? » demanda le portier.

Tristan se mit à chanter :

J'étais aux noces de l'abbé,
Au couvent Saint-Michel-du-Mont,
Avec une dame voilée
Qui s'en venait de Besançon.
Il n'est moine ni moinillon,
Porteur de crosse ou de bâton,
Qui ne se soit bien trémoussé
Aux noces du joyeux abbé !
Mais moi, j'ai quitté les invités.
Je dois servir le roi à table, ainsi que la dame que j'aime,
Yseut, la reine.

Le portier, amusé, le laissa entrer.

Dans la cour du château, il commença à gambader. Dès qu'ils le virent, les gens qui passaient par là, serviteurs ou chevaliers, l'escortèrent en le bousculant. On lui pinçait les oreilles, on tirait sur ses vêtements, on criait : « Au loup ! Au loup ! Voyez le fou ! Hou ! Hou ! Hou ! » Tristan, à coups de massue, à droite, à gauche, se dégagea et poursuivit son chemin, en dansant et en chantant :

Je ne suis pas qui vous croyez,
Je ne suis pas un loup-garou !
Souvent les sages font les fous,
Les fous savent raison garder.

Son bâton sur l'épaule, il arriva dans la grand-salle, où dînaient le roi, la reine et une foule de courtisans.

« Bienvenue ! s'écria le roi, toujours prêt à se divertir. Voici le nouveau sergent d'armes ! Dis-moi, en réalité, qui es-tu, fou ? »

En réalité, Sire,
Je m'en vais vous le dire.
Ma mère était une baleine,
Mon père un phoque à capuchon.
J'ai bu le lait d'une sirène,
Qui m'a fait oublier mon nom.

Ce n'est pas tout à fait vrai, continua le fou en se tournant vers la reine.

Depuis, je l'ai retrouvé.
Oui, à présent, je me rappelle :
Tantris. Tantris était mon nom,
Du temps que j'étais ménestrel
Et vous apprenais des chansons
Vous ne vous en souvenez plus, dame Yseut ?
Pourtant je vous aimais déjà en ce temps-là.

Yseut avait tressailli et regardait le fou avec attention. Non, ce ne pouvait être le jeune et beau Tantris, ou plutôt Tristan. Ce vagabond était laid, difforme et grossier. Comment connaissait-il le nom de Tantris ?

Le roi s'amusait.

« Dis-moi, fou, pourquoi es-tu venu ici ? »

Eh bien, Sire, j'ai une sœur très belle.
J'ai pensé vous l'échanger contre dame Yseut.
Voyez-vous, j'aime la reine depuis longtemps.
Roi, n'en avez-vous pas assez
D'avoir toujours la même femme ? Donnez-moi Yseut et prenez
Ma sœur. Vous serez satisfait,
Je vous le jure, sur mon âme.

— Et que feras-tu de la reine si tu l'épouses ?

Je possède un palais de verre,
Illuminé par le soleil.
Il s'élève au milieu du ciel,

À l'abri du froid de l'hiver.
Là je pourrai aimer ma dame,
Loin des jaloux et des pervers,
Dans une chambre de cristal.
Venez avec moi, dame Yseut, puisque le roi le veut bien.

Le fou, en cabriolant, voulut prendre Yseut par la main. Elle le repoussa. Le roi éclata de rire, les courtisans en firent autant. Certains se disaient que ce fou était moins fou qu'il n'en avait l'air, d'autres pensaient le contraire.

« Voyons, fou, raconte-nous ton histoire. »

Ah, sire, c'est qu'elle est bien longue.
Dans une autre vie, j'ai même été chevalier !
J'ai tué le Morholt d'Irlande.
Maniée par une jolie main
Mon épée a failli me fendre
En deux quand j'étais dans mon bain.

« Que dis-tu là ? Tu divagues ! », s'exclama le roi qui s'amusait beaucoup. Mais dame Yseut avait pâli.

Tristan, imperturbable, continuait :

Le dragon m'a empoisonné,
Une sorcière m'a guéri.
Puis, le sénéchal ayant fui,
Sur l'eau j'ai conduit la mariée
Au roi des fous, dans son pays.

N'est-ce pas vrai, dame Yseut ? Alors vous étiez mon amie.

« Crois-tu, fou, qu'Yseut soit encore ton amie ?
— *Je le crois.*
— Ce n'est pas vrai ! cria la reine exaspérée. Faites-le taire ! Ses facéties ne me plaisent pas. Vous ne voyez pas qu'il est ivre ? »

Ivre je suis, je le confesse,
Depuis que j'ai bu sur la mer
Avec vous la boisson amère
Qui nous a plongés dans l'ivresse,
Nous mettant le cœur en détresse.
Dame Yseut, dame Yseut, ne vous en souvient-il plus ?

Yseut, tremblante, se dressa, prête à s'en aller. Le roi remarqua son trouble, mais la força à se rasseoir. « Ma dame, restez, ordonna-t-il. Je veux savoir jusqu'où va sa folie ! » Alors la reine cacha sa tête dans son manteau, afin de ne plus rien entendre.

« À part dire des sottises, fou, que sais-tu faire d'autre ? »

Roi, je sais bien tirer à l'arc,
Faire des bonds et des sauts,
Tailler des bâtons dans un parc
Et lancer des copeaux dans l'eau.

« Et chasser ? Sais-tu aussi bien chasser ? Veux-tu que je t'emmène, car je vais partir à la chasse ? »

Mes chiens volent dans les nuages
Pour attraper les oies sauvages,
Et mes faucons, dans les halliers,
Capturent cerfs et sangliers.
Sire, je sais aussi prendre au piège le cœur des belles – même celui de dame Yseut !

« Ah ! Ah ! s'esclaffa le roi, et les courtisans riaient de bon cœur. En voilà un chasseur ! Non, décidément, je ne t'emmène pas. Qu'on me selle mon cheval ! Mes seigneurs, accompagnez-moi. Venez-vous, ma dame ?

— Je vous en prie, mon seigneur, permettez-moi de me retirer. Je ne me sens pas bien du tout. »

À peine entrée dans sa chambre, la reine fit venir Brangien.

« Ce fou m'a bouleversée. Il sait tout de moi, de nous, de Tristan. Il faut qu'il soit devin ou sorcier !

— Peut-être est-ce Tristan lui-même, déguisé une fois de plus ?

— Ce n'est pas possible... Tu ne l'as pas vu : mon ami est noble et beau, tandis que cet être est repoussant, contrefait, avec une voix glapissante... Je le hais.

— Mais s'il venait de sa part ?

— Non. Il n'a pas au doigt l'anneau de jaspe vert. Va le trouver. Tâche de savoir qui il est. Tant que je ne le saurai pas, je n'aurai pas une minute de tranquillité. Ah ! Que maudit soit cet homme, maudite la mer qui l'amena, maudit le jour de sa naissance !

— Ma dame, comme vous voilà méchante ! Qui vous a appris à maudire ainsi ?

— C'est l'amère vie que je mène... Je t'en prie, Brangien amie, va ! »

Brangien trouva le fou, seul, dans la salle. Était-ce Tristan ? Elle n'en était pas sûre.

« Pitié, pitié, belle Brangien ! Conduisez-moi à la reine, que je la voie encore une fois... Vous ne me reconnaissez pas ? Souvenez-vous, sur le bateau, de ce jour d'été si chaud et de la boisson merveilleuse, que vous avez si mal gardée... Nous l'avons bue, Yseut et moi. C'est un secret que nous partageons tous les trois. Personne d'autre ne le sait. »

Brangien était ébranlée. Elle retourna voir la reine.

« Qu'il vienne ! » dit celle-ci simplement.

En entrant, Tristan voulut s'approcher d'elle et l'embrasser. Elle eut un mouvement de recul. Le visage de Tristan s'assombrit. Il s'éloigna et s'appuya contre le mur, près de la porte.

« Ah ! dame, je n'aurais jamais cru qu'un jour vous me repousseriez ! Yseut, pour laquelle j'ai subi tant d'épreuves, connu tant de peines, Yseut, ma bien-aimée, vous avez oublié celui qui vous aime... Comme les femmes ont mauvaise mémoire !

— Ce n'est pas vrai ! Mais, mon ami, je suis déconcertée : je ne trouve en vous rien qui ressemble à Tristan... ni le visage, ni le corps... et cette voix de fausset...

— Reine, rappelez-vous le seigneur irlandais qui vous avait gagnée avec sa rote, et comment, grâce à ma harpe, vous lui avez échappé... Rappelez-vous le grand pin au-dessus de la fontaine et le roi dans l'arbre qui nous épiait... Rappelez-vous le nain, la fleur de farine, la troupe hideuse des lépreux et vous au milieu... Et le mendiant qui vous a portée au-dessus du Mal Pas, le jour de votre jugement... Mais vous ne vous rappelez pas... »

Yseut ne perdait pas un mot de ce qu'il disait. Elle retrouvait les épisodes de sa vie dans tous leurs détails ; pourtant elle ne pouvait croire que cet homme fût Tristan.

Il évoqua alors la forêt du Morois, leurs souffrances, leur amour ardent, leur séparation. Il lui avait donné son chien Husdent. Qu'en avait-elle fait ? Il voulait le reprendre.

« Je l'ai gardé, je l'ai soigné, répondit la reine. Mais il est devenu hargneux et personne ne peut l'approcher, sauf Brangien et moi-même.

— Je vais le chercher », dit Brangien.

Elle revint dans la pièce, tenant le chien en laisse. Il la fit voler dès qu'il aperçut son maître, bondit sur lui, frotta son museau contre son bras, lui donna des coups de patte – bref manifesta une telle joie que l'émotion gagna la reine.

« Les chiens sont plus fidèles que les femmes ! » remarqua Tristan.

Yseut rougit.

« Lorsque nous nous sommes séparés, je vous avais donné Husdent, continua Tristan. Vous aussi m'aviez fait un cadeau... l'anneau de jaspe vert, qui, bien souvent, m'a consolé, lorsque je pensais à vous.

— Où est-il ?

— Le voici. » Et Tristan le sortit de sous son vêtement.

La reine le regarda et se mit à pleurer.

« Pourquoi est-il entre vos mains ?... Si vous l'avez, c'est que Tristan est mort ! Jamais il ne s'en serait séparé... Tristan, ami, je ne vous verrai donc plus ?... »

Elle sanglotait si fort et semblait si désespérée que Tristan eut pitié d'elle.

« Ma dame, je vous crois, vous m'êtes toujours fidèle... Pardonnez-moi, ajouta-t-il en cessant de contrefaire sa voix. Je ne me déguiserai plus. »

Se redressant, il reprit sa taille et se débarbouilla la figure : il n'avait plus du tout l'air d'un fou.

Yseut se jeta dans ses bras.

« C'est moi qui suis folle, murmura-t-elle. N'avoir pas su vous reconnaître plus tôt ! » Elle se blottit contre lui et couvrit de baisers son visage.

C'était la dernière fois qu'elle le voyait vivant. Mais ils ne le savaient pas.

13. La mort des amants

Tristan revint en Petite-Bretagne, retrouva son maître Governal, Kaherdin, son bon compagnon, et sa femme. Il reprit sa vie habituelle, chasse, tournois, disputes avec les seigneurs du voisinage. Au cours d'une escarmouche, il fut grièvement blessé par une lance empoisonnée.

Les médecins bretons, convoqués aussitôt, se montrèrent incapables de le guérir. Ses os saillaient sous la peau, et pourtant son corps enflait, son visage devenait blême. Il souffrait horriblement, et l'odeur de sa plaie était insupportable. Yseut aux Blanches Mains le soignait avec dévouement. Mais Tristan comprit bientôt que seule pourrait le sauver l'autre Yseut, la Blonde. Grâce à sa science des herbes, elle l'avait déjà guéri deux fois, quand il avait affronté le Morholt, puis combattu le dragon. Mais comment obtenir d'elle qu'elle vînt à son chevet ? Lui ne pouvait se déplacer, trop affaibli pour supporter la traversée.

Tristan se désespérait, sentant la mort approcher. Un soir, il demanda à ceux qui l'entouraient de sortir de sa chambre : il voulait s'entretenir, seul à seul, avec Kaherdin. Yseut aux Blanches Mains obéit, elle aussi, mais elle était inquiète et intriguée. Qu'est-ce que les deux hommes pouvaient bien avoir à se dire ?

Elle demeura dans la pièce voisine, l'oreille collée contre la porte. Hélas ! Si elle avait été moins curieuse, le destin de Tristan aurait pu changer.

D'abord elle entendit des soupirs et des plaintes. Kaherdin n'était-il pas le meilleur compagnon de Tristan, son frère d'armes, son confident ? Et voici que la mort allait détruire leur belle amitié !

« Pourtant, si vous vouliez, dit Tristan d'une voix faible mais nette, vous pourriez aller chercher la personne qui, seule au monde, est capable de me sauver. Bel ami, vous la connaissez, c'est Yseut la Blonde. Elle est experte en médecine, elle connaît les remèdes. Elle m'a sauvé deux fois, je vous l'ai déjà conté. Prévenez-la que je me meurs, non seulement de ma blessure, mais de la douleur de vivre loin d'elle. Dites-lui que, bien que marié, je lui suis resté fidèle ; je n'ai pas touché votre sœur et, pour son malheur, je n'ai jamais pu l'aimer. Dites-lui aussi qu'elle se hâte. Tel que je suis, je ne saurai vivre longtemps. Irez-vous, bel ami ?

— J'irai, répondit Kaherdin, aussi vite que je le pourrai. Dieu fasse que la reine veuille venir !

— Elle viendra, car elle m'aime autant que je l'aime. Rappelez-lui les plaisirs, les dangers partagés et nos longues souffrances. J'ai été chassé de la cour, exilé en terre étrangère, j'ai perdu l'affection de mon oncle, elle a vécu comme une servante, nous avons été la proie des jaloux, à cause de cet amour que rien n'a jamais pu détruire. Quand nous nous sommes séparés, elle a promis d'accourir à mon appel, si je le lui demandais. Rien ne l'en empêcherait, disait-elle, ni la présence du roi, ni les plus épaisses murailles, ni la mer... Qu'elle se souvienne de sa promesse. Prenez mon anneau. C'est un signe convenu entre nous. Elle saura que vous venez de ma part. Et surtout ne parlez de rien à votre sœur. Vous ferez passer Yseut la Blonde pour une femme médecin.

— Et moi, je me ferai passer pour un marchand, en abordant la Cornouailles. Je vous ramènerai la reine.

— Je guetterai votre retour. Tous les jours, je regarderai la mer. Quand vous approcherez de la côte, dressez votre voile noire, si vous revenez sans elle. Mais si elle est avec vous, que votre voile soit blanche. Alors je pourrai me réjouir. »

Tandis que Kaherdin quittait son ami pour se livrer aux préparatifs du voyage, sa sœur s'éloignait de la porte, d'où elle avait tout entendu. L'esprit bouillonnant, le cœur en peine, elle retourna s'occuper du blessé, comme si de rien n'était.

Ah Tristan, méfiez-vous de la colère d'une femme que, sans le vouloir, vous avez mortellement blessée !

Tous les jours après le départ de Kaherdin, Tristan demandait qu'on le transportât au bord de la mer. Il contemplait longuement les flots ; l'horizon restait vide. Il rentrait.

Pendant ce temps, après une traversée heureuse, Kaherdin était allé montrer au roi Marc les trésors qu'il transportait : soies d'Orient, vaisselle de Tours, vins du Poitou, oiseaux d'Espagne. Il demanda au souverain la permission de commercer dans son royaume et lui offrit un bel autour et une coupe d'or émaillée. Marc, toujours heureux de rompre avec la monotonie des jours, accueillit l'étranger avec plaisir et lui acheta tous ses vins. Kaherdin ensuite s'adressa à la reine et lui donna un fermoir[1] d'or fin magnifiquement ouvragé.

« Je n'en ai jamais vu de plus beau ! s'exclama Yseut.

1. Agrafe qui permet de fermer un vêtement.

— Voyez, dame, comme l'or de ce bijou brille à côté de cet anneau quelque peu terni », déclara Kaherdin en lui montrant la bague que Tristan lui avait remise.

À cette vue, Yseut reconnut Kaherdin et son anneau de jaspe vert. Elle pressentit un malheur. Le cœur battant, les jambes tremblantes, sans s'occuper des courtisans ni d'Andret qui la surveillait, elle attira Kaherdin à l'écart, sous prétexte de négocier le prix de la bague. Il lui fit part de l'état de Tristan et de la mission que celui-ci lui avait confiée : ramener la reine à tout prix, sinon le blessé mourrait.

« J'irai, dit Yseut. Votre bateau est amarré dans le port de Tintagel ? Tenez-le prêt à appareiller. J'attendrai que la nuit soit tombée et je viendrai avec Brangien. »

Dans l'obscurité, les deux femmes sortirent du château par une porte dérobée. Yseut n'emportait avec elle ni bijoux ni beaux vêtements, seulement des remèdes dans un coffret. Pour sauver celui qu'elle aimait, sans hésiter, elle renonçait à sa luxueuse vie de reine.

Quand les deux femmes arrivèrent au port, elles entendirent des pas derrière elle : c'était Andret. Il les avait surprises et les suivait. Allait-il faire échouer leur entreprise ?

Heureusement Kaherdin, entouré de ses matelots, guettait leur arrivée et comprit la situation en apercevant le traître. Pour faciliter l'accès au bateau, il avait fait jeter une planche qui allait du navire au quai. Dès que les deux femmes l'eurent franchie, au moment où Andret s'apprêtait à en faire autant, Kaherdin retira brusquement la planche, et le baron tomba à l'eau. Furieux, gesticulant, empêtré dans ses vêtements, repoussé par les matelots, il ne parvint pas à regagner le quai et se noya.

Ainsi périt le dernier des quatre traîtres qui avaient voulu la mort des amants. Nous ne le plaindrons certes pas !

Le navire de Kaherdin cinglait vers la Petite-Bretagne, et déjà la terre était en vue, lorsqu'une tempête s'éleva et, déchirant les voiles, rompant les cordages, brisant la barque qui permettait d'accéder au rivage, rejeta le bateau vers le large.

Yseut, impuissante, se désolait. « Malheureuse que je suis ! Dieu ne me permet pas de rejoindre Tristan. Il veut que je périsse noyée. Je l'accepte si telle est sa volonté. Peu m'importe ma propre mort, c'est de la vôtre que je m'inquiète, ami Tristan. Sans moi, vous ne pourrez guérir et vous ne saurez pas que vers vous j'ai accouru, aussi vite que je l'ai pu... Ah mon cœur se déchire à l'idée de ne pas vous revoir, moi qui espérais tant mourir entre vos bras ! Notre amour est si fort que l'un ne peut souffrir sans que l'autre ne souffre et ne meure aussi... Dieu, permettez-nous de nous retrouver, que je puisse guérir mon bien-aimé, ou que nous mourrions ensemble ! »

Tant que dura la tempête, Yseut se lamenta de la sorte. Mais enfin le vent se calma, les flots s'apaisèrent, et le bateau reprit sa route vers Carhaix. Kaherdin avait fait hisser une grande voile, blanche comme neige, et bientôt ils purent s'approcher du rivage. Un temps chaud et calme avait succédé à la tempête. Pas de vagues à la surface de la mer, pas un souffle dans l'air : le bateau s'immobilisa. Impossible d'avancer. Ils voyaient la côte toute proche, ils ne pouvaient pas l'atteindre, leur barque ayant été brisée les jours précédents. Yseut se lamentait de plus belle.

Dans son château de Bretagne, Tristan aussi se désespérait. Il n'en pouvait plus de douleur et d'angoisse. Pourquoi la reine tardait-elle tant à venir ? Il n'avait plus la force de se rendre sur le rivage, mais de son lit demandait sans cesse si l'on avait vu le bateau de Kaherdin et de quelle couleur était la voile.

Un jour enfin, Yseut aux Blanches Mains, qui se tenait à ses côtés, aperçut par la fenêtre le navire de son frère.

« Le voici, répondit-elle à l'interrogation de Tristan.

— Et sa voile ? murmura-t-il. La voyez-vous ?

— Je la vois bien, car le vent s'est levé et le bateau avance. Elle est noire.

— Noire, fit Tristan. Amie Yseut, qui n'êtes pas venue... de ma mort vous souffrirez... Pour l'amour de vous... je ne peux retenir ma vie plus longtemps... »

Il se tourna vers le mur, dit trois fois : « Yseut amie », et mourut.

Sa femme éclata en pleurs.

Au même moment, le navire de Kaherdin accostait.

Enfin Yseut la Blonde est arrivée en Petite-Bretagne. Elle se met en route pour la ville de Carhaix quand elle entend sonner le glas. Dans toutes les églises, les chapelles, les couvents du pays, les cloches tintent. Sur son chemin, une foule se presse, pauvres et riches, jeunes et vieux, seigneurs, marchands et paysans. Ils ont là mine attristée, de grosses larmes coulent sur leur face.

« Que se passe-t-il ? demande Yseut à un vieillard.

— Las ! Las ! Un grand malheur nous frappe ! Le seigneur Tristan vient de mourir, lui qui était si vaillant, si fier avec les puissants, si généreux envers les pauvres gens... Tristan est mort... »

Yseut la Blonde ne répond pas. Elle marche vite. Elle a dégrafé son manteau. Les gens la regardent et s'étonnent. « Qui est cette belle femme ? D'où vient-elle ? Nous n'avons jamais vu beauté pareille ! »

Yseut ne se soucie pas de ceux qui la suivent, Brangien, Kaherdin, des valets, des matelots, la foule. Elle se hâte. Elle ne pleure pas. Elle ne dit pas un mot.

Elle se hâte vers le château. Elle entre et se dirige vers la chambre où repose la dépouille de Tristan, entourée par des prêtres, des serviteurs éplorés, des seigneurs, le duc Jovelin et Governal, la tête cachée dans ses mains. Au-dessus du cadavre, se courbe en sanglotant Yseut aux Blanches Mains, l'épouse.

Yseut la Blonde s'approche d'elle et lui dit à voix basse : « Poussez-vous, dame, et laissez-moi seule près de lui. Croyez-moi, je l'ai plus aimé que vous. »

Puis elle s'étend de tout son long contre le corps de Tristan, elle l'étreint, elle soupire. Et la mort la prend.

Le roi Marc traversait la mer à la poursuite de sa femme quand on lui annonça la mort de Tristan et d'Yseut. On lui apprit aussi que s'ils s'aimaient passionnément, c'était à cause du philtre : ils l'avaient bu ensemble par mégarde.

« Si seulement je l'avais su plus tôt, dit Marc, je leur aurais pardonné... Je regretterai toujours d'avoir chassé mon neveu, mon seul parent, le fils de ma sœur... »

Le roi Marc fit creuser deux tombes de chaque côté d'une chapelle. Sur celle d'Yseut, il planta un rosier, un cep de vigne sur celle de Tristan. Aussitôt les deux arbustes s'entrelacèrent étroitement.

Au-delà de la mort, l'amour est éternel.

Pour en savoir plus...

Écosse
Pays de
Loenois
Carlisle
(Carduel)
Irlande
Mer
d'Irlande
Dublin
Angleterre
Wexford
Pays de
Galles
Londres
Cornouailles
Tintagel
Forêt
du Marais
Manche
Carhaix
Bretagne
France
Nantes

Bibliographie

Tristan et Yseut, Les Premières Versions européennes, Gallimard, « La Pléiade », 1995.

(C'est essentiellement dans ce livre que j'ai puisé pour écrire cette adaptation.)

Autres adaptations
dans des éditions de poche :

Le Roman de Tristan et Iseut, adaptation de Joseph Bédier, 10/18, 1981.

La Merveilleuse Histoire de Tristan et Iseut, restituée par André Mary, Gallimard, « Folio classique », 1979.

Tristan et Yseut. Les « Tristan » en vers, traduction de Jean-Charles Payen, Éditions Classiques Garnier, 2010.

Tristan et Iseut. Les Poèmes français. La saga norroise, de Philippe Walter et Daniel Lacroix, Le livre de poche, « Lettres gothiques », 2008.

Tristan et Iseut, d'après le Tristan en prose du XVe siècle, adapté par Pierre Champion, Presses Pocket, 2003.

Pour mieux connaître
la civilisation de l'époque :

La Vie quotidienne en France et en Angleterre au temps des chevaliers de la Table ronde, Michel Pastoureau, Hachette, 1993.

Françoise Rachmuhl

L'auteur aime les contes depuis toujours. Elle aime les écouter dès son enfance lorraine, les inventer, les lire. Plus tard, elle se mettra à en écrire. Au cours de ses nombreux voyages, elle a recueilli récits traditionnels et légendes, dits ou publiés en français ou en anglais (elle a séjourné aux États-Unis). Elle a écrit pour la jeunesse une dizaine de recueils de contes de différents pays et des provinces de France. Après avoir longtemps travaillé dans l'édition scolaire, elle anime actuellement dans des classes des ateliers d'écriture de contes ou de poésie.

Du même auteur :

13 histoires de vampires
15 contes d'Europe
15 légendes extraordinaires de dragons

15 contes et légendes des fées
15 récits de sorcières et de revenants
La Bible en 15 récits
16 métamorphoses d'Ovide
16 nouvelles métamorphoses d'Ovide
18 contes de la naissance du monde

Frédéric Sochard

L'illustrateur est né en 1966. Après des études aux Arts Décoratifs, il travaille comme infographiste et fait de la communication d'entreprise, ce qui lui plaît beaucoup moins que ses activités parallèles de graphiste traditionnel : création d'affiches et de pochettes de CD. Depuis 1996, il s'auto-édite et vend « ses petits bouquins », de la poésie, sur les marchés aux livres. Pour le plaisir du dessin, il s'oriente désormais vers l'illustration de presse et la jeunesse. Et avec tout ça, il a trouvé le temps de faire plusieurs expositions de peinture...

Table

CONTES, LÉGENDES ET RÉCITS

Écoutons la voix des conteurs
qui nous font vivre
de fabuleuses histoires.

TITRES DÉJÀ PARUS

Flammarion jeunesse

10 CONTES DES MILLE ET UNE NUITS
Michel Laporte

Il était une fois la fille du grand vizir, Schéhérazade, qui toutes les nuits racontait au prince une nouvelle histoire pour garder la vie sauve. Ainsi, naquirent *Ali Baba et les quarante voleurs*, *La fée Pari-Banou* ou *Le petit bossu*... Ces dix contes, aussi merveilleux que célèbres, nous plongent au cœur de l'univers féerique des *Mille et Une Nuits.*

« Ali Baba entra dans la grotte ; la porte se referma derrière lui, mais cela ne l'inquiétait pas car il savait comment l'ouvrir. Il s'intéressa seulement à l'or qui était dans des sacs. »

10 CONTES DU TIBET
Jean Muzi

Dans les hauteurs et sur les plateaux du Tibet, il est possible de croiser au détour d'un chemin monstres sacrés, crapauds réincarnés et autres princes répudiés... Ces récits légendaires ouvrent les portes d'un imaginaire surprenant et poétique, où la sagesse et la ruse tiennent une place essentielle. Dix contes pour faire entendre la voix de la culture tibétaine.

« C'est alors que le crapaud ouvrit la bouche. Et au lieu de son habituel cri métallique, il en sortit de vraies paroles qui émurent tant la vieille femme que des larmes de joie perlèrent sur ses joues ridées. »

12 RÉCITS DE L'ILIADE ET L'ODYSSÉE

Homère, adapté par Michel Laporte

Généreux et colériques, fragiles et forts, les héros homériques sont humains ! Douze récits passionnants qui nous plongent au cœur des combats d'Achille et d'Hector, durant la guerre de Troie, et nous font voyager aux côtés d'Ulysse lors de son extraordinaire épopée. Des histoires qui, depuis l'Antiquité grecque, suscitent la même fascination...

« Je reconnais bien là ton cœur de fer. Mais prends garde à la colère des dieux ! Le jour est proche où, si brave que tu sois, tu périras à ton tour ! »

Flammarion jeunesse

30 CONTES DU VIÊT-NAM

Nguyên-Xuân-Hùng

Pourquoi le tigre a-t-il des rayures ?
Quelle est l'origine des singes aux fesses rouges ?
D'où viennent les moustiques ? Les contes de ce recueil nous transportent des rizières embrumées aux temples cachés dans la jungle, pour nous plonger au cœur d'un mystérieux Viêt-nam. Un merveilleux voyage dans les profondeurs de l'Asie !

« Le buffle, qui assistait à la scène, fut pris d'un fou rire. Il riait en secouant si fortement sa lourde tête qu'il cogna sa mâchoire par terre à s'en casser les dents. »

Flammarion jeunesse

LES ANIMAUX, TOUTE UNE HISTOIRE...
Présenté par Anne de Berranger

Le renard apprivoisé du Petit Prince, la gentille couleuvre de Jean de La Fontaine ou la pauvre chèvre de M. Seguin, ces « héros-animaux » nous donnent bien des leçons ! Une invitation à plonger au cœur de grands textes et à découvrir les aventures extraordinaires de ces animaux qui, en prose ou en vers, nous soufflent leurs secrets...

« La chèvre entendit derrière elle un bruit de feuilles. Elle se retourna et vit dans l'ombre deux oreilles courtes, toutes droites, avec deux yeux qui reluisaient... C'était le loup. »

LES DIEUX S'AMUSENT
Denis Lindon

Un précis de mythologie aussi savant que souriant.
Un livre passionnant, drôle et instructif qui permet de découvrir les plus belles histoires du monde : les amours de Jupiter, les travaux d'Hercule, les colères d'Achille, les ruses d'Ulysse... Des récits qui nous font pénétrer dans l'univers extraordinaire de ces drôles de héros !

« Muni de son arc et de sa massue, Hercule se mit à la recherche du lion de Némée et le trouva bientôt. Il tenta d'abord de le tuer à coup de flèches, mais la peau du lion était si épaisse que les flèches n'y pénétraient pas. »

Flammarion jeunesse

ROMANS

Tout un monde de lecture
entre les mains.

TITRES DÉJÀ PARUS

Flammarion jeunesse

Chaân, la rebelle (tome 1)
Christine Féret-Fleury

3 500 ans avant notre ère, au cœur de la Préhistoire... Chaân, une jeune fille éprise de liberté, défie les lois de son peuple en apprenant à chasser en secret. Elle est alors rejetée par tous les habitants du village et par son propre père. Chaân semble prête à tout pour conquérir son indépendance. Mais saura-t-elle surmonter les épreuves qui l'attendent ?

« Non, elle ne laisserait personne l'empêcher de vivre à sa guise. S'il le fallait, elle se battrait. Elle supporterait les pires épreuves... »

Le premier épisode des aventures de Chaân.

Claudine de Lyon
Marie-Christine Helgerson

Claudine a onze ans, elle travaille dix heures par jour dans l'atelier de son père, à tisser de la soie. Mais cette vie épuise la petite fille qui tombe gravement malade. Pour guérir, elle part à la campagne. Claudine veut retrouver la santé et elle n'a pas envie de retourner à Lyon pour travailler. Ce qu'elle désire par-dessus tout, c'est aller à l'école et réaliser son rêve : savoir lire, écrire et surtout dessiner.

« J'en ai assez de recevoir des ordres. Je veux choisir pour moi. Je sais bien ce que je ferai : j'irai à l'école, j'apprendrai des tas de choses et je ferai des dessins encore plus beaux que ceux de Carlo. »

De Sacha à Macha

Rachel Hausfater et Yaël Hassan

Derrière son ordinateur, Sacha envoie des mails à des destinataires imaginaires, comme autant de bouteilles à la mer. Jusqu'au jour où Macha répond. Commence alors une bien étrange correspondance, pleine de tâtonnements mais aussi de confidences... Est-ce le début d'une belle amitié ?

« Tu m'as fait une de ces peurs ! J'ai eu l'impression que j'allais tomber dans un gouffre. Tu es la seule personne qui m'ait tendu la main : j'ai besoin que tu me la tiennes encore un peu. Beaucoup. Longtemps. Toujours. »

Flammarion jeunesse

Jonathan Livingston le goéland

Richard Bach

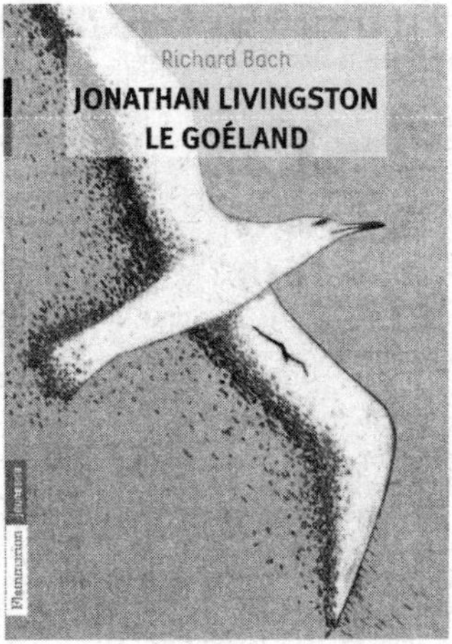

Jonathan Livingston n'est pas un goéland comme les autres.
Sa seule passion, c'est de voler toujours plus vite,
toujours plus haut. Incompris des autres goélands,
il est chassé du clan. Il poursuit, solitaire, sa quête de liberté.
Sera-t-il condamné à vivre son rêve seul ?

« Il remarqua qu'aux vitesses extrêmes plusieurs plumes dressées simultanément le faisaient tournoyer comme une balle de fusil… Jonathan venait de réussir la première acrobatie aérienne de toute l'histoire terrestre des goélands. »

Imprimé à Barcelone par:

BLACK PRINT

Dépôt légal : septembre 2010
N° d'édition : L.01EJEN000490.C005
Loi n° 49-956 du 16 juillet 1949
sur les publications destinées à la jeunesse